筑豊ララバイ

Chikuhou Lullaby

中島晶子

筑豊ララバイ　目次

プロローグ

平成二三年三月一一日に起こった東日本大震災の数年後、国会中継で、原子力発電所の再稼働などのエネルギー問題や地球環境問題に関し、喧々諤々《けんけんがくがく》の討論が繰り広げられた。

美智子《みちこ》はその一部始終を聞きながら、結局自分はどう思っているのか、自分自身に対する明確な答えを出せずじまいでいた。我ながら情けなかった。

懸命に討論する安倍晋三《あべしんぞう》首相や野党の面々の答弁をいくら聞いても、自分の答えは遠のくばかりであった。

最近、社会が色んな意味で騒々しい。新聞を開けば毎日のように、世界中のテロによる死亡者数が当然の如《ごと》く発表されている。テロで殺されなくても、自らの命を断ついじめの被害者の数も減りそうにない。

自分で死を選んだ訳《わけ》でもなく、人間のエゴで不当に命を奪われた訳でもなく、自然災害に巻き込まれ、何が何だかわからないままにあっという間に亡くなった人たちも少なくない。

一体、日本は、世界は、地球はこの先どんな時代を迎えるのだろうか？

地球温暖化の原因になる温室効果ガスの量を減らそうと、世界の国々が京都に集まって話し合い、削減の目標値を決めた平成九年の京都議定書。

せっかくの日本の「京都」を冠する議定書も削減は一向に進まない。後進国は、「先進国が温室効果ガスを散々撒き散らしたせいだ。先進国が減らすべきだ！」と主張し、先進国は、「そんなことを言ってる場合ではない！　世界の国々が協力しないと大変なことになる」そう主張しておきながら脱退する大国もある。年々災害の規模が大きくなっていることも、地球温暖化が大きな要因を占めているというのに、人間は自らの手で、たったひとつしかないかけがえのない命の故郷である地球を破壊しようとしている。これは人間による地球に対するいじめだ。

自然が少しずつ脅かされる度合いに正比例して、人と人との繋《つな》がりが希薄になるような気がしてならない。

美智子は六五年生きてきたが、ここ四、五年の世界の変化はため息が出るほど深刻だ。しかし、一番変わったのは人間のような気がしてならない。九年前に亡くなった母、房江《ふさえ》が口癖のように言っていた言葉を思い出した。

「世界がおかしい。地球がおかしい。だけど、人間が一番おかしい！」

美智子は、その言葉を聞くたびに、言い得《え》て妙《みょう》だ！　と不謹慎にも自分の母親の的確な言葉に感心した。

房江はこんな言葉もよく口にしていた。

「昔はこんなんじゃなかった。人と人がもっと信頼し合い、家族もちゃんと家族をしていた」

多分、房江は、福岡で暮らしていた昭和の良き時代のことを言っているのだと美智子は確信した。

美智子たち一家は福岡県筑豊《ちくほう》地方の炭坑で暮らしていた。房江の「昔は良かった」と言う言葉のなかには、当時の人と人との熱い繋がりや、助け合って生きていた炭住街の優しい暮らしがいっぱい含まれていた。

房江に言われるまでもなく、それは美智子自信が一番感じていたことだった。

もう見飽きてしまった、与党と野党の泥仕合《どろじあい》のような国会中継の画面の中で、原発再稼働の答弁を延々と続ける安倍首相の顔を見ながら、美智子の思いは房江が懐かしがっていた時代へとタイムスリップしていた。

「原子力発電」という言葉が人類の希望の光となっていた時代、石炭が重要なエネルギーになっていた時代、徐々に石油にエネルギー源を取って替わられた斜陽《しゃよう》の時代だ。

人間は何歳くらいから記憶しているのだろうか。人によって違うらしいが、早い人で二歳のころを記憶している場合もあるそうだ。

美智子の一番古い記憶は、ボタ山である。真っすぐな稜線《りょうせん》で色は真っ黒で、直角三角形を伏《ふ》せたような鋭角な山は美智子の原風景といえるだろう。

そのボタ山を背景に、七五三の晴れ着を着て、近所のおじさんに写真を撮ってもらったのは美智子が三歳のころであり、その記憶は今もくっきりと残っている。

物心ついたころからいつもボタ山が目の前に存在していた。炭坑夫だった父親が毎日命がけで石炭を掘り続けていたことも強く記憶に残っている。

近所では、事故にあった炭坑夫の話題が途絶えることはなかった。落盤事故とまではいかなくとも、トロッコに足を挟《はさ》まれたり、機械操作を間違ったりと小さなミスは日常茶飯事《さはんじ》であった。その小さなミスが積もり積もって大きなミスに繋がると、何百人という死者が出るほどの大惨事になってしまうのだ。

資源のない小さな島国の日本がアジアの工業国になり、さらに世界の経済大国といわれるほど成長した裏には、炭鉱事故で亡くなった多くの炭坑夫の犠牲があったことを忘れてはならない。

坑口の真っ黒な穴に入って行くとき、炭坑夫は無事に地上に戻り、我家に帰れることを祈っていた。

いつ落盤事故で命を断たれるかもしれないという危うさは、同じ思いを共有できる分、人々の繋がりは人一倍強かったのだと思う。

そんな炭坑夫たちを支えていた帰りを待つ家族たち。そして「炭住《たんじゅう》」と呼ばれる長屋の住民たちとの堅い繋がり。それらが一体となって、日本の戦後復興期のエネルギーを支えていたのだ。

　これから始まる物語は、命がけで石炭を掘り続けた炭坑夫と、その炭坑夫を支えていた家族、その家族を支え続けた長屋の住民たちが、エネルギー変革期において、さまざまな人間模様を織りなしながら暮らしていた炭坑の日々を綴《つづ》ったものである。

「炭住」の見取り図と土間の様子

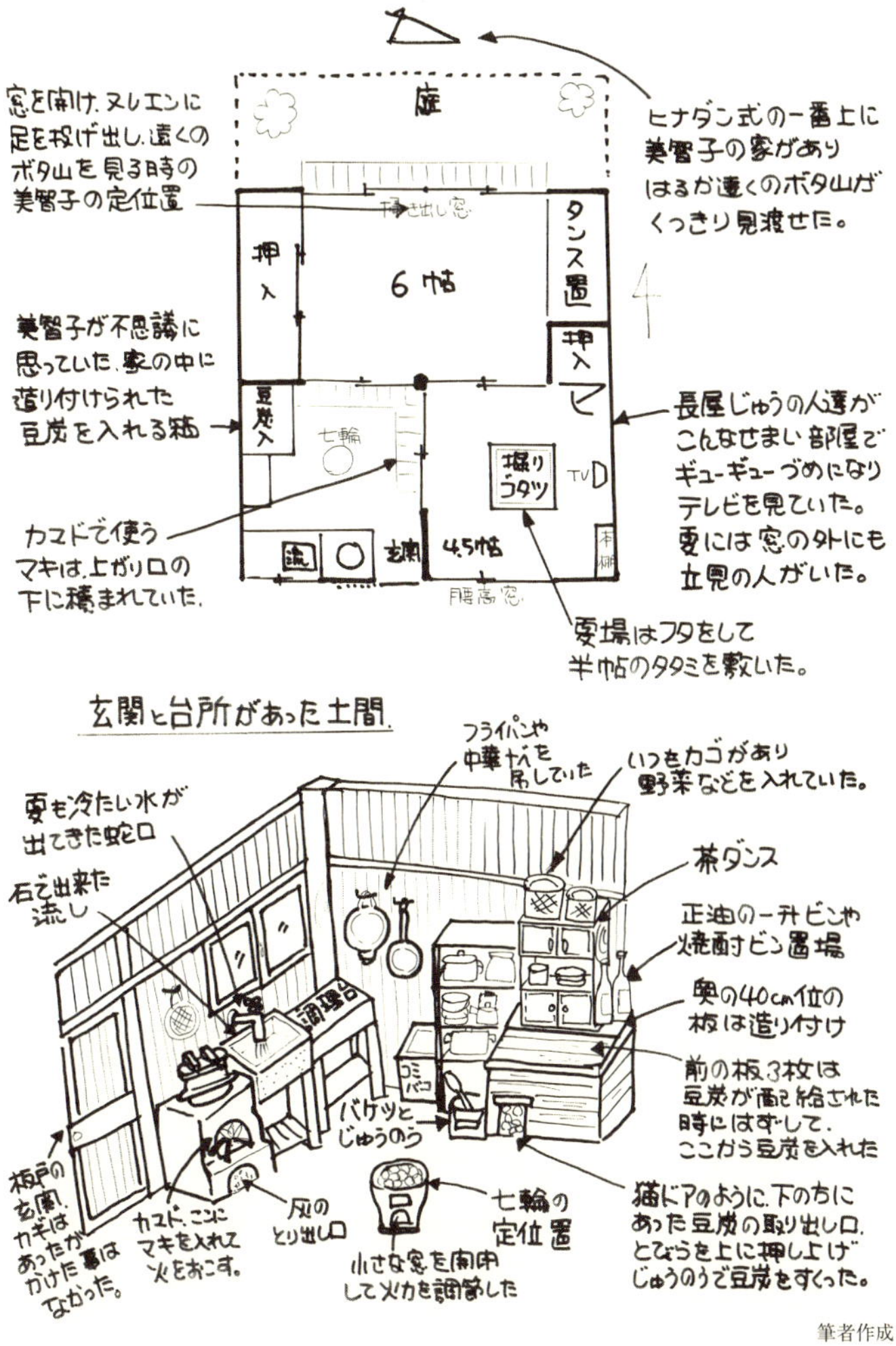
庭
窓を開け、ヌレエンに足を投げ出し、遠くのボタ山を見る時の美智子の定位置
掃き出し窓
ヒナダン式の一番上に美智子の家がありはるか遠くのボタ山がくっきり見渡せた。
押入
6帖
タンス置
押入
美智子が不思議に思っていた、家の中に造り付けられた豆炭を入れる箱
豆炭入
七輪
長屋じゅうの人達がこんなせまい部屋でギューギューづめになりテレビを見ていた。夏には窓の外にも立見の人がいた。
掘りゴタツ
TV
カマドで使うマキは、上がり口の下に積まれていた。
流
玄関
4.5帖
本棚
腰高窓
夏場はフタをして半帖のタタミを敷いた。
玄関と台所があった土間
フライパンや中華なべを吊していた
いつもカゴがあり野菜などを入れていた。
夏も冷たい水が出てきた蛇口
石で出来た流し
茶ダンス
正油の一升ビンや焼酎ビン置場
奥の40cm位の板は造り付け
調理台
ゴミバコ
前の板3枚は豆炭が配給された時にはずして、ここから豆炭を入れた
バケツとじゅうのう
板戸の玄関、カギはあったがかけた事はなかった。
カマド、ここにマキを入れて火をおこす。
灰のとり出し口
七輪の定位置
小さな窓を開閉して火力を調節した
猫ドアのように、下の方にあった豆炭の取り出し口、とびらを上に押し上げじゅうのうで豆炭をすくった。

筆者作成

炭住街の夜明け

「ウ〜、ウ〜」

　突然に聞こえた、けたたましいサイレン。

「なんだ？」

　寝起きは悪いほうではないが、反射的に上体を起こしたこの朝は、いつもとは比較にならないほどの早い起床だった。すぐに布団から飛び起きて台所に行くと、母の房江《ふさえ》がカマドの前で茫然《ぼうぜん》として突っ立っている。

「と、父さんは……」

「三番方……」

「まだ帰っとらんと？」

　美智子が震える声で確かめた。心だけ遠くへ飛んでしまった房江は、うつろな目をして小さく頷《うなず》いた。

「ウチ、坑口に行って来るき」

切羽詰《せっぱつ》まった美智子の口調に、我に返った房江が珍しく大声を上げた。

「待ちんしゃい」

「待ちきれんばい」

美智子は房江の声を振り切るように、パジャマのズボンだけスカートに履《は》き替え、カーディガンを羽織《はお》った。あっという間に台所がある土間に降り立ち、靴《くつ》を履《は》くのももどかしく、申し訳程度についている台所の隅にある玄関を飛び出ていた。

夜が明けきれない屋外は、まだ薄暗かった。向かい合った蒲鉾《かまぼこ》のような五軒長屋がずっと軒《のき》を連ね、遠くで交差するその先までも、明け方独特の灰色がかった紫色に染められていた。向かい合った五軒長屋で計一〇軒を一ブロックとすると、ゆうに六ブロックは続いているであろう、その長屋に挟まれた道を美智子は懸命に走り続けた。

三ブロック辺りを過ぎたころ、心配そうな顔をした人々が、道のあちらこちらで立ち止まってはひそひそと話をしていた。もともと北九州人は地声が大きいので、五メートルくらいに近づいた辺りから、その声は走っている美智子の耳元まで届いていた。

「落盤かもしれんき」

「ここんところ、事故ばなかったとにねー」

人々の間をすり抜けるたびに、同じような会話が聞こえた。そんな話し声を背中で聞きながら美智子は尚《なお》も懸命に走った。右足が思うように前に出ないもどかしさと戦いながら……。

美智子の足は、一歳のころに患《わずら》った小児麻痺《まひ》のせいで右足の膝《ひざ》から下が三〇度くらいの角度で外側に曲がっていた。普通に歩くには意識して内の方に曲げていたので、それほどには目立たなかったが、走り出すと、外側に曲がった足のせいで、上体が右足を踏み出す度に前に傾《かし》いだ。

その傾ぎを最小限に抑えようとするので、どうしても右足を引きずって走っているように見える。急ぐ気持ちとは正比例してくれない右足が恨めしかった。

「父さん！　元気にしちょるよね！　事故におうとらんよね！」

胸の中で叫びながら、懸命に脳裏《のうり》に浮かぶ映像を打ち消そうと頭《かぶり》を振った。落ちて来た岩石に足を挟まれ、頭から血を流して横たわっている父の姿だ。

違う！　違う！　思いっきり頭を横に振り、イメージを払拭《ふっしょく》しようとするたびに、更に上体が傾いだ。

いつの間にか、マッチ箱のように連なった五軒長屋はなくなり、「長坂《ながさか》」と呼ばれている大きな坂道にさしかかっていた。この辺りは坂が多いことで有名だったが、そのなかでもこの坂は五〇メートルもあろうかと思われるほど長い坂で、しかも傾斜もかなりのものだった。

美智子が物心ついたころからずっと見慣れていたボタ山の真っすぐな稜線《りょうせん》が、朝靄《あさもや》の中にくっきりと浮かび上がってきた。

ボタとは石炭のなりそこないの石だ。坑内で掘った石炭の中には使い物にならないのも混ざっている。高品質の石炭は黒曜石《こくようせき》を思わせるほど、全体が見事に艶々《つやつや》と黒光りしている。選炭後の不要なボタはトロッコに入れられ、ボタ山の麓《ふもと》まで運ばれる。運ばれたボタは途中でトロッコごとひっくり返され、今度はベルトコンベアに乗せられる。どこまでも続くベルトコンベアは山の頂上まで繋がり、山の上からどんどん下に落とされていく。上から上から落としていくので、自然と三角形の山になっていく。直角三角形を伏せたような形のその稜線は両側ともに真っすぐな直線で、自然の山々とは比べ物にならないほど人工的だった。

しかし、生まれてこの方、ずっとこの直角三角形の黒い山を見てきた美智子にとっては、山といえば黒の三角形の山であり、その凛《りん》とした直線美は、美智子にとっての原風景となっていた。

小学校五年生のとき、校内図書館で石炭について書かれた本を読んだことがあった。数億年前、湖や池の近くに生えていた植物が倒れて積み重なり、長い時間をかけて地中の熱や圧力によって押し固められ炭化し、黒い石のような塊《かたまり》になったと書いてあった。道理でこいらには溜め池や沼地が多いことも頷けた。

美智子が一二年間過ごしてきた貝山《かいやま》炭鉱は、明治一六年に開発され、明治、大正、昭和の三時代にまたがり活況《かっきょう》を呈してきた。

明治四二年に爆発事故があり、二四三人もの死者、行方不明者を出したという悲しい歴史も持っているが、その悲しさを穴埋めするかのように、その後の炭鉱設備の完備は近隣の炭坑のなかでも群を抜いていた。いち早く最新式の石炭採掘用の掘削機を導入したのもこの貝山炭鉱だ。石炭採掘時に避けて通れない排水も、どの炭鉱でも見られない最大のパイプを用い、驚異的な排水量だったという。

貝山炭鉱のなかでも、美智子たち一家が住んでいた大之原《おおのはら》炭鉱から掘り出される石炭は一等炭だった。燃焼力も強く、残った灰の量も少なかったので、工場機械用として歓迎された。

加えて炭坑従事者や、その家族の対応などにおいても、この時代の一般会社の福利厚生に少しもひけを取ってはいなかった。学校設備はもとより、病院、配給所、保育所、大型公衆浴場など、完全に完備されていた。

炭坑従事者、その家族には無料で炭住が与えられ、電気代水道代なども無料だった。ガスはなかったが、燃料となる豆炭は質がよく着火も早く、残った灰も少なかった。なにより煙の量が最少だった。しかも燃焼時間も長かった。

炭鉱によっては質の悪い燃料が支給され、喉《のど》が痛くなるほどの大量の煙を出すのもあったというから、美智子が育ったこの貝山炭鉱はまさにに炭鉱の優等生だったのだ。

美智子が通っていた大之原小学校は、この貝山炭鉱の創業者でもあり、「筑豊《ちくほう》の炭坑王」と呼ばれた貝原太助《かいはらたすけ》が、明治二一年に私財を投げ打って建設したという歴史ある学校だった。

苦労してろくに学校も行けなかったこの貝原太助は、せめて自分が受けられなかった分、炭鉱従事者の子供たちのために質の高い教育をと崇高な理念を掲げ、いち早く学校創立を実行した人でもあった。

「ウチたちの貝山炭鉱は恵まれとうとよ」

ことあるごとにそう言う房江の言葉もまんざらではなかったのだと、乏しい資料が掲載されたその本を読んだあと、一番に思った感想だった。

ずっとあとになって美智子の知るところとなった、筑豊地方の炭坑の悲惨《ひさん》さも、まるで他国の出来事のように感じるほど、貝山炭鉱は恵まれていたのである。

父、正吉《しょうきち》が毎日通っている坑口は、小学校へ行く途中の道筋にあった。坑口までの起伏の激しい道程《どうてい》は、数えきれないほどの炭住を建設するために山を切り開いていったからだ。

その平屋建ての炭住街の一角に、でんと構えているボタ山の三角の稜線が、転がるように坂を走り降りて行くうちに、少しずつ見えなくなった。この坂道を降り切り、石造りの橋を渡ると目の前に坑口の建物が見えて来る。

やっと辿り着いたときには、坑口のある建物の前は、既《すで》に心配して駆けつけた家族や近隣の人たちでごった返していた。人波をかき分け、必死に入口のドアに近づこうとしている美智子の腕を誰かがつかんだ。

「だ、誰ね？」

振り向くとそこにいたのは父、正吉だった。真っ黒な顔に、そこだけ白の絵具で塗ったような白目の部分だけが異様に光って、最初は誰だかわからなかった。笑った口元から零《こぼ》れた歯の白さと、炭塵《たんじん》が入りこんで普段より深く刻まれた皺《しわ》に気づいた美智子はほっとした。思わず「父さん！」と叫んで、正吉に近ずこうとしたが、「汚れとるき」と言いながら、正吉は美智子の腕を優しく遠ざけた。真っ黒な作業服からは、石炭独特の焦《こ》げた機械油のような匂いがした。

「事故やなかったと？」

「ああ、事故やなか。ガスが溜《た》まりよって、皆、上に上がらせられたとよ」

ガス？　ガスが充満しただけで、あんなに騒々しいサイレンが鳴るのか？　そう思った美智子は思わず正吉に言った。

「なんね、ウチ、心臓が飛び出るくらいたまげたばい。たまげて飛び起きたばい」

「なんねはなかろうも。ガスが溜まったら大事《おおごと》ばい、爆発でん、しよったら、物凄《ものすご》かことになりよる」

ば、爆発！

美智子の脳裏に、坑内に残された正吉が「逃げろ！」と叫んでいる姿が浮かび上がった。正吉の体が、割れた窓ガラスのように粉々になる寸前でその姿を思い留《とど》まらせた。上目使いに見上げると、正吉の笑顔は消えうせ、さっきの白い歯もしっかり閉じた唇《くちびる》で見えなくなっていた。それでなくとも無口な正吉が笑いもしないで真っ黒な顔をして立っている姿に、自分のとんでもない想像を見透かされたような気がして意味もなく笑った。

気がつくと、あれほど人だかりがしていた、坑口待合所の入り口のガラス扉の付近は、既に人影もまばらで、対応をしていた若い男が散り散りに帰っていく人たちを見送っていた。

白いワイシャツに灰色のズボンを履いていたその男は明らかに炭坑夫ではなかった。彼の手にはハンドマイクが握られ、後ろのガラス扉には大きな紙が貼《は》ってあった。

『坑内に噴出《ふんしゅつ》したガス抜きが終わるまで作業は停止!』と書いてあったところをみると、彼はこの場所で詰め寄ってくる群衆を相手に、説明におおわらわだったに違いない。怒涛《どとう》の如く押し寄せてくる大波のような展開と戦っていたのは自分だけではなかった。

「お嬢ちゃん、心配かけましたね。もう大丈夫ですよ」

美智子の視線に気がついたのか、彼は満面の笑みを浮かべて美智子に話しかけた。多分、土地の者ではないのだろう。言葉使いの丁寧さも抑揚のない発音の美しさも、ここら辺りの言葉とは雲泥《うんでい》の差だった。

慣れてはいるものの、この男もまた、美智子のことを実際の年よりずっと幼く見ていたのだろう。腰を屈《かが》め、首を傾《かし》げ、美智子の眼を覗《のぞ》き込むように近づいてきた。幼い子に対し、不安感を抱かせまいとする独りよがりの大人の対応の仕方だ。いつものことだ。いつも実際の年よりずっと下に見られた。その都度《つど》「私は六年生です」と答えて驚かれ、

「そげんね、また、可愛いか六年生ばい」

そう言われるのならまだしも、

「なんな?　六年生?　またこんまい六年生ばい?　ご飯ばいっぱい食べとうとか?　好き嫌

いしとうとやろ、いっぱい食べないかんばい」

炭鉱の男たちは思ったことをストレートに言い過ぎる。無神経な言葉にひそかに傷つくことがままあったが、不思議なことにその乱暴な言葉には温かさがあった。「お嬢ちゃん！」と精一杯優しく美智子に語りかけているこの男の言葉には感じられない温かさだ。そのうえ、この辺りの人々はお嬢ちゃんなどという気恥かしい言葉はまず使わないので、違和感はどうしても拭《ぬぐ》えなかった。

炭鉱で育ち、炭鉱の人たちとの交わりのなかで、炭鉱の人たちしか知らなかった美智子は、初めて異質の文化に触れたような気がした。それはどう考えても心地よいものではなく、むしろ魚の骨が喉に引っかかってどうしても取れないときに似ていた。

ガラス戸越しに男の後ろに見える坑口の待合所の様子が気にかかったが、「お嬢ちゃん！」と言われた嬉しくない気恥ずかしさも手伝ってか、美智子は正吉の袖《そで》をぐいぐい引っ張ってその場を離れた。

後ろを振り返ると、先ほどの男がまだ美智子たちを見ていた。片手を振っている。迷いながら右手を肘《ひじ》の位置まで上げて振り返した。

あの男がいなかったら待合所に入れたかもしれないのに……。そう思いながら手を振り返した自分に、いつものように軽い失望感を覚えた。最後まで知らん顔すればよかとに……。

すぐ相手に同調してしまう自分がたまらなく嫌いだった。幼いころからのその生き方の癖のようなものは、人より劣った身体を持っている人間の、自然と身についた生きる業《わざ》だったのかもしれない。

「待合所にはもう誰もおらんかったと？」

思い切って正吉に聞いた。

「ああ、もう皆、上に上がって家に帰りよった」

正吉と二人で並んで歩くのは久しぶりだった。二人の前方にも何人かの炭坑夫が歩いていた。その後ろ姿を見ながら、美智子は、雨が降ると坑口に正吉を迎えに行った、小学校低学年のときのことを思い出していた。

黒い手

いつも坑口が近づくと気が重かった。別に正吉を迎えに行くのが面倒くさかった訳ではない。父さんは、あの真っ黒な坑口から出て来れるとやろうか、
どげんに待っとっても、坑口から出て来れんとやないやろうか、
そんな漠然とした暗雲のような思いが美智子の心を占領し、坑口が近づくにつれ、息苦しくさえなったほどだ。坑口がある建物は炭坑夫たちで溢《あふ》れかえっていた。二番方の炭坑夫たちは、一番方の炭坑夫たちが乗ったトロッコが上がって来るのを今か今かと待っている。

一番方は夜明け前から昼過ぎまで。二番方は昼過ぎから夜まで。三番方は、夜出かけていって次の日の早朝に帰って来る。三つの時間帯で二四時間フル操業するのがこの炭坑の就業形式だった。美智子が傘を持って正吉を迎えに行くのは一番方の日だった。

待合所で一番方の正吉を待っている美智子と同じように、二番方の炭坑夫たちもまた、一番方が上がって来るのを待っているのだ。

ヘッドライトが付いたヘルメットを深々と被《かぶ》り、誰もが同じカーキ色の上下の作業着を着て

ベンチに座り、煙草《たばこ》を吸い続けていた。

どげんして、あげん煙草を吸うとやろか？

最初は不思議で仕方なかったが、そのうちに気がついた。地下の奥深くの坑道に入ったら地上に出るまで一本も煙草は吸えないからだ。

おかげで、入口のガラス扉を開けた途端、何十人分もの煙草の煙が充満し、室内はむせ返っていた。顔をしかめながらもドアを開けて入って行った。犯罪人を見るような目つきで彼らを見ながらふと気がついた。

多分自分の父親も地下に入るときは、あの炭坑夫たちと同じように、何本もまとめて煙草を吸っているのかもしれない。美智子はなるべく彼らを見ないように、ウッと息をとめて、彼らが座っているベンチの前を通り過ぎた。

待合所の奥に進むと、トロッコが坑口から上がって来て停止するための小さなホームがあった。そのホームと待合所は、木の柵で区切られていた。高さ九〇センチくらいのその柵は、一本の横棒の両側に太い木の足が付いただけの簡単なものだった。小さな美智子にとっては格好の鉄棒替わりだった。飛び上がってつかまったり、ぶら下がったりしては、トロッコが上がって来る時間を待った。

しばらくすると、ずっと出番を待っていた二番方の炭坑夫たちが一列にホームに並び始める。作業着に染みついた煙草の匂いが、炭坑夫たちが今そこを歩いて行ったのを証明するかのように、ホーム中に漂《ただよ》っていた。

炭坑夫たちが並び始めたということは、そろそろトロッコが上がってくる時間だということを示していた。

ジリジリジリという甲高《かんだか》いベルの音が鳴り始めてしばらく経つと、ゴーッという音が地の底から聞こえ始める。タイムトンネルの入り口のように、大きく口を開けた坑口から聞こえるその音は、地響きとなって、だんだん近づいてくる。

美智子の心臓音も早鐘《はやがね》のように鳴り始める。尚もゴーッという音に更にガタンゴトンという凄《すさ》まじい音が加わり、大音響となって建物中に響き渡る。

その轟音《ごうおん》がピークに達すると同時に、真っ暗な坑口からまん丸い無数の灯《あか》りが一列に並んで見えて来る。炭坑夫たちのヘルメットの前面に装着されているヘッドライトだ。そのヘッドライトに浮かび上がる炭坑夫たちのシルエットが見え始め、やがて彼らを満載したトロッコが上がってくるのだ。美智子の不安もピークに達する。

父さんは本当にトロッコの中におるとやろか、
父さんはちゃんと上がって来るとやろか、
やがて嘘のように、轟音はシューという音に変わり、ガタゴトと車輪を軋《きし》ませながら、トロッコがゆっくりとホームに入ってくる。一斉《いっせい》に照らし出される炭坑夫たちの顔。しかし、どの顔も真っ黒で、誰が誰やらさっぱりわからなかった。

おると？　父さんは、あのトロッコの中におると？

美智子の不安はまだ終わらない。炭坑夫たちがホームに降り立ち、ぞろぞろと改札口めがけて歩いてくる。

見つからん、見つけきれんばい、ホームはこげん明るかとに！

父さん！　父さん！

今にも爆発しそうな心を抱えて、胸の中で必死に叫んでいると、

「迎えに来ちょったとね」

声とともに突然目の前をふさぐ真っ黒な作業着、ふっと上を見るとそこには見慣れた正吉の笑顔。その瞬間、やっと美智子は解放されるのだ。真っ黒な坑口に飲み込まれたまま、父が上がって来ないかもしれないという恐怖心から……。

「うん」

美智子は心の動揺を隠して思いっきり笑った。

「煙草ば吸いよるき、もちっと待ちんしゃい」

そう言うと正吉は、炭坑夫たちがずらっと並んで座っているベンチの方へ向かって行った。

美智子は入口のすぐ傍《そば》で、正吉が煙草を吸い終わるのを待っていた。

ベンチの後ろの壁にズラッと掛けられたヘルメット。その横には坑夫たちの名前が書かれた木札が規則正しく並んでいた。ヘルメットを掛け、『大野正吉』と墨で書かれた木札を裏返し

た正吉は、やっとほっとしたのか美味しそうに煙草を吸い始めた。

坑内で仕事をしているのがすぐわかるように、炭坑夫たちは地下に潜《もぐ》る前に必ず木札を表にしておく。上がって来たらその木札を裏返して、無事に地上に戻って来たことがひと目でわかる仕組みになっていた。

「待ちくたびれたんやなかね？」

正吉はいつもそう言いながら、美智子の手から黒い蝙蝠傘《こうもりかさ》を受け取りドアを開け、先に外へ出て美智子を待った。そのあと美智子が傘を広げきるまで、雨で濡《ぬ》れないように大きな蝙蝠傘を差し掛けた。

帰り道、美智子は遅れまいと、必死で早歩きで正吉のあとをついて行った。

「走らんでもよか！」

正吉は、そう言って美智子が追いつくのを立ち止まって待っていた。やっと追いついた美智子が正吉の手をつかもうとすると、

「汚れとるき」

いつもそう言って、美智子と手を繋ごうとはしなかった。汚れているなどという程度ではなかった。正吉の手にこびりついた炭塵は粘着性を帯び、水で洗い落としたくらいではとても落ちそうにもなかった。

幼い美智子の手に炭塵がつかないように、決して繋ごうとしなかった正吉の真っ黒い手。迎

えに来るたびに見たその真っ黒い手を幼いときと同じように、正吉の後ろを歩きながらじっと見つめていた。

小走りでやっと正吉に追いついた美智子は横に並んで歩いた。幼かったあの日と同じ、真っ黒な手と真っ黒な顔をして、歩いている正吉の横顔を、そっと盗み見た。正吉はあの日と同じ顔して真っすぐ前を見ていた。今もあの日も、変わらない横顔だった。

石橋にさしかかると、ポーッという貨車の汽笛が絶え間なく聞こえた、あのころの記憶が甦《よみがえ》った。思わず橋に近寄り、欄干《らんかん》に手を置き、つま先立ちしながら橋の下の線路を見ていると、足元の黒い穴から突然現れた貨車が、荒い息を吐《は》きながら近づいてくるような気がした。

幼いころから、石炭を満載した貨車を見るのが好きだった。

貨車が橋の下を通過するのを見るたびに、

「あの石炭は父さんが掘った石炭ばい」

決まってそう言っていた。妙に確信を込めて言うものだから、正吉は自分が掘った石炭ではなかよ！　と言いにくかったのか、

「そうかもしれんばい」

苦笑いしながら、曖昧《あいまい》な返事をしていた。あのときなんでそう思ったのだろう。この炭坑の石炭を、まるで正吉が一人で掘っているとでも思っていたのだろうか。

眼下に見えていた二本の線路は、どこまでも伸びていき、やがて交差する時点で萌える新緑

の木々の中に吸い込まれていった。ふっと後ろを振り返ると、五メートルくらい先で正吉が所在なく立っていた。

「もうよかね？」

美智子を促す正吉の言葉にうんと頷いて、すぐにあとを追った。

変わっていなかった。この石橋で立ち止まって橋下の線路を見ていた時間も、ずっと待っていた正吉の言葉も幼いころのままだった。違っていたのはあのころとは比べものにならないほど、石炭を積載した貨車の通過回数が激減していたということだ。

筑豊地方の石炭は江戸時代から産出していた。地元の農民が農業の片手間に採掘していたくらいだ。当時、石炭という言葉はなく、「燃える石」と呼ばれていた。藩《はん》によっては年貢米《ねんぐまい》のように、上層部に献上していたという文献も残っている。明治時代になり、産業の発達に伴って石炭の需要が増えたために、炭鉱の開発が進められ、産出量も飛躍的に増加した。

川舟《かわぶね》で運んでいた江戸時代に比べ、明治時代になると鉄道が敷設されるようになり、筑豊炭田の石炭も鉄道で輸送されるようになった。石炭を運ぶための線路は筑豊地方の奥まった炭鉱にまで張り巡らされた。石炭の輸送のための鉄道は、石炭産出量の増加と正比例するように発達していった。

美智子の兄、猛《たけし》が毎日通学に利用していた若田《わかた》駅も、石炭を運ぶための駅であった。若田駅は終着駅だった。客用の、一本しかないホームのわりにはその距離は長かったが、その奥に広がる構内は、驚くほどの広い面積を有していた。一本しかない客用の線路とは対照的に、構内には何本もの線路が張り巡らされていた。石炭を積載した木製の貨車のための線路だった。何本もの線路が一直線に奥の方に向かってひとつに交わる景色を、幼いときの美智子は不思議な思いで見ていた。

あの線路たちは集まって一本の太か線路になるとやろか？

一般人は立ち入り禁止の構内にあって、時々、駅員とは完全に違う真っ黒な作業着を着た男たちが忙しそうに歩き回るのを見ていると、何故だか不思議な感じがした。この男たちも線路と一緒にずっと奥に吸いこまれていきそうな錯覚を覚えた。

見るだけで立ち入れないもどかしさが、そう感じさせたのかもしれない。まるでブラックホールのように線路と男たちを呑《の》みこんで、どこまでも奥に広がる構内には、蒸気機関車の格納庫はもとより、坑内から採掘された石炭が集積される施設も数多く、筑豊地方の炭坑の中でも大きな規模を誇っていた。この構内から選炭済みの石炭が北九州の若松《わかまつ》へと、貨車で次々と運ばれて行った。

雨が降った日に父の正吉を迎えに行った帰り道、いつも見ていた石橋の下の線路は、この石炭を満載した貨車専用の鉄道だった。若田駅を出発した貨車が石橋の下を通り過ぎる姿を見るたびに美智子の心は躍った。

しかし、美智子が物心《ものごころ》ついたころには、少しずつ石炭産業に陰りが見え始めていた。美智子の成長と反比例するように、石橋の下を通過する石炭列車の数は徐々に減少していった。美智子は子供心にも、自分たち家族が置かれている現状を、この石炭列車の激減で、弥《いや》が上にも肌で感じていた。

炭坑の母親たち

「ただいま」

ガラガラと玄関を開けると、待ち構えていた房江が、

「遅かったき、心配しとったばい」

そう言いながら、着替えの入った袋と、入浴道具が入った洗面器を正吉に手渡した。正吉はいつもと変わらぬ無口さでそれらを受け取ると、淡々《たんたん》と開けたままの玄関から外に出ようとした。

「父さん、下着と作業着を一緒にまるめんしゃんな。下着まで炭塵がつきよるき」

房江が正吉の背中に向かって言った。

「ああ」

正吉はそう受け答えをしながら、玄関を出て、共同浴場の方へ向かって行った。

共同浴場はどの炭鉱にもあった。三種類のローテーションで二四時間フル操業の炭坑従事者は、帰宅時間も早朝だったり深夜だったりと不特定である。坑内の労働で体にこびりついた粘

着性の高い炭塵は汗と一緒になって、水で懸命に洗っても到底落ちるものではない。いつ帰宅しても風呂に入れるように、共同浴場も二四時間営業だ。三番方が帰って来る早朝六時に間に合うように、風呂の掃除も夜中にやっていた。

もちろん、入浴料は無料だった。ただそれだけ汚れた大勢の炭坑夫たちが入るのだから、お湯の汚れも半端《はんぱ》ではない。特に二番方の帰りは夜一一時を過ぎるので、どの炭抗夫も嫌がったきれいな一番風呂に入れるのは、ローテーションの中で最もきつい三番方だった。

「三番方はきつかばってん、風呂は一番たい」

正吉がよく言っていた言葉は、炭抗夫の誰もが感じていたのだろう。

殆《ほと》んどの炭坑夫は家の中に上がる前に、作業着のまま共同浴場に行く。朝となく昼となく夜となく、頭の先から爪の先まで真っ黒な男たちが町中を闊歩《かっぽ》している有様《ありさま》は、他所《よそ》から来た人が見たら、多分ギョッとしただろう。星も出ていない曇りの夜には、なるべく出会いたくはない。

美智子は、男風呂に次々に入って行く真っ黒な炭坑夫たちが別人のようにきれいになって風呂から出て来る様子を見るたびに、いつもにんまりと笑った。

脱衣場で誰が誰だか区別もつかない男たちが、風呂から上がったら、

「おう、なんや、お前やったんか！」

そんな会話を想い浮かべるたびに、まるで漫画みたいだと、この想像をひとり楽しんでいた。

風呂から上がった正吉も別人になって、また帰宅するのだろう。

正吉の後ろ姿が長屋の曲がり角へ消えたのを見届けてから、

「母さん、心配しとらんかったと？」

美智子がそう尋ねると、房江は一瞬、えっ？　という顔をした。

「ああ、あんたが坑口に行ったあと、すぐ放送がありよったとよ。ガスが溜まっとっただけやから、事故じゃなかゆうて。聞かんかった？」

「あ、ああ、そうやったと」

美智子は思わず責めるような口ぶりをしたことを一瞬後悔した。それにしても、正吉も淡々としていたが、房江の冷静さも堂に入ったものだと、妙に感心した。

「もし落盤事故でも起こっとったら、こげなところにじっとおるもんね。あんたのあとをすぐ追いかけとるばい！」

「そ、そうやね、うちも、慌てん坊たいねー。そげん放送がありよったら、普通は気がつくとにねー」

大声で笑いながら、ほっとした。

「父さん、よかった！　どこも怪我《けが》しとらんね？」

てっきりそう言いながら、房江が正吉に近寄るイメージを抱いていた美智子の予想は見事に外れはしたが、ひとつだけ予想以上の収穫があった。房江の割烹着《かっぽうぎ》だ。房江はまだ気がついていないが、割烹着は見事に裏返しになっていた。

夫婦とは妙なものだ。本当は死ぬほど心配していたくせに、微塵《みじん》もその素振りを見せない妻と、妻以上に淡々とふるまう夫……。ウチには、ようわからんと美智子は胸の中で呟《つぶや》いた。

しかし、房江の意地っ張りさは相変わらずだと、我が母ながら呆《あき》れながらも、どこかで胸が温かくなるのを覚えた。

美智子のそんな思いを知ってか知らずでか、房江は、お味噌汁《みそしる》の鍋に豆腐《とうふ》を入れようと、七輪《しちりん》の前に屈み込んでいた。ぱらっと投げ入れたネギの独特の匂いが、美智子の鼻孔《びこう》をくすぐり、朝から何も食べていないことに気がついた。思いっきりその匂いを吸いこんでいると
「こげん早か時間に起きよったから、お腹も空いとうやろ? 今朝はご飯炊《た》く時間がなかったけんねえ、冷や飯ばってん、よかね?」

美智子が小さく頷くと、

「あれ! あんた、上はまだパジャマのままやなかとね」

房江は今気がついたとばかりに、大きな声で笑った。

美智子の一家が暮らす家は「炭住」と呼ばれる五軒長屋の一室だった。三人の姉は既に大阪に就職していて、現在は正吉と房江、すぐ上の兄、猛との四人暮らしだった。姉たちが就職する前は、たった二間《ふたま》に五人の子供と、両親の計七人が暮らしていたことになる。

四畳《じょう》半の茶の間に、六畳の寝室、台所は四畳半くらいの土間で、その一角に玄関がついて

いた。台所といってもあるのは、玄関のすぐ横にあったカマドと、石をくり抜いてできた流し。カマドでご飯を炊き、おかずはもっぱら七輪を利用していた。

トイレは共同で、長屋の両端に造られた木造の落とし便所だった。いつも薄暗く、美智子は、このトイレばかりはとうとう最後まで慣れなかった。幼いころは、少しでも早く用を足し、慌ててこのトイレを出ようとするものだから、よく下着を濡らし、そのたびに叱られた。

「美智子はほんに落ち着かん子やねー」

「ばってん、恐ろしいき」

「何が、恐ろしかねー。なんもおらんでっしょ?」

「恐ろしかとは、恐ろしかとよ」

小さな子供にとって、薄暗い裸電球《はだかでんきゅう》が一個燈《とも》っただけの木造トイレは、お化け屋敷のように思えたのだ。そのトイレで早々《そうそう》に用を足し、朝食を済ませ、いつもより早めに家を出ると、

「おはよう！　美智子ちゃん、どげんしたとね。今日はまた、えらい早か時間やなかね」

すぐ目の前の家の通称、洗濯《せんたく》母ちゃんが、長屋中に聞こえるほどの大きさで声をかけた。

「うん、あのサイレンで起こされたと」

「あーあ、凄か音やったねー。ばってん事故やなかったき、ホッとしたばい」

洗濯母ちゃんはそう返事しながら、洗濯板に洗い物を上下にこすりつけている。このおばちゃんは、毎日のように朝早くから洗濯をしていた。タライを抱え込むように、どっかと小さな

椅子《いす》に座り込み、洗濯板の上に洋服を広げ、大きな洗濯用の石鹸《せっけん》を、洋服の隅から隅まで塗りたくっては嬉しそうに洗濯を始めた。

「多分、この長屋でつこうとる水道料は、殆どがあのおばちゃんの洗濯代たい！」

口の悪い隣《となり》のおじちゃんが、口癖のように大声で話していたが、それもそうだと長屋中の人たちも納得していた。納得しながら誰も文句を言わなかったのは、どんなに使っても水道代が無料だったからだ。

蛇口《じゃぐち》から絶え間なく流れ出る水しぶきが四方八方に飛び散り、木製のタライの中で勢いよく跳ね上がった。流しっぱなしにしていてもタライの中の水はすぐに暗灰色に濁《にご》った。どんなに力を込めて懸命に洗っても、作業着にこびりついた炭塵はなかなか落ちてはくれなかった。炭塵や石炭のかけらが一緒になってこびりついた汚れは、煤《すす》と違いねっとりとした粘り気があった。そのため、服地に付着すると普通に洗っただけではなかなか落ちるものではなかったのだ。自分が学校に行ったあと、母もまたこの洗濯物と悪戦苦闘するのだと思うと少し気が重くなった。

向かい合った五軒長屋の軒先が一直線に奥の方に伸び、やがて交わって見えなくなってもまだ長屋は続いていた。毎朝この長屋に挟まれた狭い道路を歩いていると、弥が上にも人々の暮らしぶりが手に取るようにわかった。その情報は時として美智子の心に重い負担としてのしかかることも少なくなかった。

約五メートル幅の道路を隔てて向かい合った家々の窓は、何はばかることなく開放され、冬以外は玄関も開けっ放しの家が殆どだ。

玄関の戸に鍵のついている家は皆無《かいむ》だった。

どこの家で子供が生まれ、あそこの家のばあちゃんはもう危ない、あの家の娘はどこの高校に受かったなどなど、長屋の住民は情報を共有し合うことに何の戸惑いもなかった。

物心ついたころからそんな環境で育ち、そのことに関して一切疑問を感じていない周りの子供たちと比べると、美智子は少しばかり変わった子供だったのかもしれない。道を歩きながら聞こえてくる親たちの子供を叱る声も美智子の心を暗くした。どうやらおもらしをして叱られているようなのだ。かというと朝っぱらから夫婦喧嘩《けんか》を始めたみたいで、怒鳴り合う若夫婦の声が否応なしに聞こえてくる家もあった。開放された窓からはさまざまな匂いが漂い、朝の味噌汁の具もすぐにわかってしまうのだ。

ある家では子供のいない老夫婦が、まるで我が子同然に「チロ」という老犬を可愛がっていた。出っ張った前歯は黄色がかり、毛もところどころ抜けかかったこの犬は、どう見ても愛らしさは感じられない顔をしていたが、それでもこの夫婦にとって何より大事な家族なのだった。

このチロは、この夫婦以上に年老いていて、自分で排泄《はいせつ》もままならなかった。毎朝、老婦人がチロのお腹をさすりながら、家の前の細い溝に放尿させるのだ。いつかはこの光景を見られなくなるときがくるのだろう。この夫婦はどんなに嘆《なげ》き悲しむだろうか、想像しただけで目頭《めがしら》が潤《うる》んだ。

　こんな日常の、他人の生活を垣間見せられて歩かなければならないこの道は、時として美智子に苦痛を与えることがあった。好むと好まざるとにかかわらず、日常の煩雑《はんざつ》さを垣間見てしまった負い目のような感覚は、いつも美智子を早足にした。はやる心に足がついていかないもどかしさを感じながら、それでも早足で歩いた。

「美智子ねえちゃん、これから学校ば行くと？」

　道路を挟んで五軒長屋が向かい合い、計十軒の家々をひとつのブロックだとすると、四ブロックばかり歩いたところで、文子《ふみこ》が突然家から飛び出してきた。

「うん？　また、待っちょったとね」

「学校から帰ったら、うちと遊んでほしか」

「わかったき、待っちょりんしゃい。ばってん、今日はどげんしたとね、いつもよか早かとに……」

　へへへと首を傾げて笑う文子は、来年小学校に上がる六歳の子だった。妙に美智子に懐《なつ》き、いつも美智子のあとをついてまわった。小学校最上級生の美智子とは六つも年が離れていたせいか、一人っ子の文子は美智子を姉のように慕っていて、毎朝こうやって美智子が登校するのを待ち伏せしているのだ。

去りゆく人々

学校に着くと、今朝のサイレンの話で教室中が湧《わ》きかえっていた。

「びっくりしたー。落盤事故やなかったき、よかったばい」

「ばってん、勘違いした慌てもんがいっぱい抗口に集まりよんしゃったとよ」

「どこでん、おるとよねー。そげな慌てもんが」

クラスメイトたちの話を聞きながら美智子は訳もなく腹が立った。

「そげん言うあんたも抗口に行きよったんやなかと？　あんたも慌てもんやなかね」

美智子がその言葉を口にした途端、教室中が静まり返った。美智子の反論が意外だったこともあったが、反論の内容よりも、普段の美智子からは想像できない口調の激しさが、周りに衝撃を与えたのかもしれない。

「はーい、おはようございまーす。さあ、席についてください」

静けさを破るように、担任の樋口《ひぐち》先生がドアを開けながら教室に入ってきた。出欠を取る先生の声が何故だか遠くから聞こえていた。肝心な言葉を言い終えていなかったもどかしさが美智子のなかでまだ燻《くすぶ》っていた。

「家族が死ぬかもしれんときに慌てん人間がおったら、冷血《れいけつ》人間ばい！」

口に出せなかったその言葉を、胸の中で繰り返していた。しかし、そのもどかしさも長くは続かなかった。出欠を取り終えた先生が顔を曇らせて、

「今日は悲しい知らせがあります」

そう言ったからだ。

また、転出か……。先生のその一言でピン！　と来るほど、転校で他県に引っ越す生徒が増えていた。六年になってから二カ月も経たないうちに美智子のクラスだけで三人目だった。

「えー、金井《かない》さんは、お父さんの仕事先が名古屋に決まったので、転出することになりました。みなさん拍手で送りましょう」

樋口先生は決まってこう言って転出生を送り出した。拍手をしながら、私もいつかはこうやって送り出されるほうになるのかもしれないと、漠然と思っていたのは、美智子だけではなかったはずだ。それは不安でもあり、ちょっぴり希望にも似た複雑な心境だった。

「先生、炭坑はのうなるとですか？」

金井さんが教室を出たあと、誰かが聞いた。

「さあ、先生にもわかりません。ごめんなさいね、でも今は、この先、炭坑がどうなるのか誰にもわからないと思います」

石炭に代わるエネルギー革命として石油が登場してから、あれよあれよという間に石油の消費量が飛躍的に増え、正比例するように日本全国の炭坑で、炭坑離職者が相次いでいた。無理もない。石炭より遥かに安価なこの石油に勝てるはずはなかった。

美智子が住んでいたこの炭坑の、石炭の埋蔵量はまだ充分にあったのだが、掘れば掘るほど赤字が続いていた。石炭の算出量が少なくなれば炭抗夫も必要でなくなる。美智子たち家族が暮らしていたこの貝山炭鉱も数年前から何度目かの合理化をしていたが、第五次の合理化では本格的な人員整理が始まった。

昭和二四年には九六〇〇人いた炭坑従事者も昭和二九年には七七〇〇人、昭和三一年には六八〇〇人、最後の合理化の前年には五五〇〇人まで減少していた。全盛期に一万人以上いた炭坑従事者は、昭和三八年の合理化で、昭和三九年には二六〇〇人までに減ったのである。残った従業員は約四分の一。

美智子の通っていた小学校でも、次々と転校していった。

隣のクラスではもう六人ほどが転出していた。全学年の転校生は一八〇名ほどにもなっていた。低学年ほど転出が多かった。親の歳が若いからだ。先の見えない石炭産業に見切りをつけ、新しい就職先を見つけ転出できる炭坑夫は、比較的若い年齢の男たちだった。正吉のような五〇代以上は、おいそれとは第二の就職先は見つからなかった。

そんなある日のことだった。

今日もやっぱりおるとかなー……。学校からの帰り、おそるおそる文子の住んでいる長屋の前の道路をそーっと見た。学校から帰ったら、「うちと遊んで！」と言っていた文子だったが、文子の家がある長屋を見てみると、そこに文子の姿はなかった。多分同年代の子供たちと遊んでいるのだろう。

ごめんね、文子ちゃん、今日はクラスの女子たちとの約束があると……。

突然に決まった約束。もちろん親たちには内緒だ。授業が終わるやいなや教室を飛び出し、帰宅すると運よく房江は不在だった。三番方で明け方に帰って来た正吉が寝ているのに気遣ってか、どこか近所の家にでも上がり込んで、時間を過ごしているのだろう。

寝室をそっと盗み見ると、締めた雨戸の隙間《すきま》から洩《も》れた淡い光の中に、正吉の布団がかすかに丸みを帯びて浮かび上がっていた。起こさないように、茶の間の上がり口にそっと鞄《かばん》を置き、静かに戸を閉め待ち合わせ場所の駅前に急いだ。

この町で唯一の交通機関、それは鉄道の小さな終着駅だった。すり鉢《ばち》状の低い位置にその駅はあり、駅へと続く長い階段の一番上から見下ろすと、まるでジオラマの鉄道模型のように眼下に広がった。

一本しかないホームは、上から見下ろすと意外に長いことがわかる。そのホームは乗降客用だ。その客の中には兄の猛もいた。毎朝始発に乗って二時間もかけ、北九州の高校まで通学していた。

その客用のホームが切れた先もレールは続いていて、その先には機関庫があった。機関庫に入って来た石炭専門のトロッコから、貨車に移し換えられた石炭は若松の港へと運ばれて行った。

木造の古びた駅舎から左へと視線を移すと、機関庫がある構内がずっと奥まで続いていた。蒸気機関車の格納庫から少し離れた所にある一番高い建物には石炭詰め込み設備が整備してあった。

坑内で採石された石炭は箱型のトロッコでこの駅の構内に運ばれ、選炭場で売り物になる石炭と、不純物が入り混じったボタとに分けられ、純粋な石炭は貨車に入れられ、ボタはトロッコに入れられ一路ボタ山へと向かっていった。

選炭場からボタ山へと向かう、石炭として合格できなかったボタの旅路は、思った以上に長かった。駅へと続く階段の一番上から見ていた美智子の視界には当然入ってはなかったが、目を瞑《つむ》ると、ボタたちを乗せたベルトコンベアは、どこまでも高く長く続いていて、その先には見慣れた直角三角形の黒い山がそびえていた。

一挙に落とされたボタたちが悲鳴を上げてコロコロ転がっていく様子が浮かんだ。想像のなかで、ボタの間から熱気とともに白っぽい湯気が立ち上っていた。見たこともないくせに……。ふっと小さく笑って美智子は勢いよく立ち上がった。景色が一層広がった。

「もっとたくさん出とったとに……」

何年か前には石炭を満載した貨車が日に何度も出て行った。

その機関庫も、ここから見るとまるで大型のマッチ箱のようだ。小さなマッチ箱の横に見えるのは、今にも崩壊しそうな古めかしい木造の小さな駅舎だ。駅前の広場には小指ほどのサイズのベンチが置いてあり、蟻《あり》んこほどの四人の少女が座っているのが見えた。もう少し見ていたかったが、そうもしてはいられないと、足早に階段を降りて行った。

「遅かったねー」

やっと駅に着くと美智子を除いた全員がしびれを切らして美智子を待ちかねていた。

「ごめん、そげん待たしたね？」

「うん、もう待ちくたびれたばい。お金ば持って来たと？」

「うん、持って来た。お金ばないと入れんやろも」

美智子と四人の女の子たちは賑《にぎ》やかに話をしながら駅から五〇〇メートルほど離れた繁華街を目指した。繁華街といっても、道の両脇に商店が並んでいるだけの通りだ。五人が目指した場所はこの町に初めてできたスーパーマーケット。

「カゴの中に商品ば入れて、帰りがけにまとめて払えばよかち、こげん便利なものはなかち、母ちゃんが言うとらしたもん」

「何でも揃《そろ》うとるち、ウチん方の母さんも言うとった」

学校での昼休みのことだった。仲良し五人組のうち、二人がこのスーパーマーケットの話題で盛り上がっていた。聞いていた残りの三人がその話題に入り、いつの間にか皆で行こうということになった。

駅前の通りを三分ほど歩くと、やがてひと際、人だかりがしている店が目に入った。店の入り口に立った五人は一斉に「うわー、広かー」と叫んでいた。駅前から続く通りには、間口二間ほどの小さな商店がぎっしりと立ち並んでいた。その中で六間ほどもあろうかと思われる、かなり広い入口は圧巻《あっかん》であった。ガラスの大きなドアを開けると、そこに現れたのは商品がぎっしり並んだ棚、しかも縦にも横にも数えきれないほどの棚が規則正しく並んでいた。

美智子たち一家が暮らしていた貝山炭鉱がある場所は、決して利便性に富んでいた町ではなかった。若田駅は終着駅で、最初は貨物線として、九州鉄道の手により開通された地方交通線だった。若田線といっても、勝野《かつの》駅から若田駅まで三つの駅しかないとても短い鉄道線だ。

石炭産業が繁栄するとともに若田駅の利用客も増え、旅客営業も開始された。石炭運搬用の貨車を走らせるための専用線は総延長二〇キロも伸びていたが、乗降客用のホームは一本だけで事足りていた。石炭が産出されていなければ、わざわざ貨物専用線として開通されることもなかっただろう。

若田駅が開通したのは明治三五年である。そのあと、貝山炭鉱が繁栄を極めた最盛期も過ぎ、美智子が物心ついたころには、既に陰りが見え始めていた。小学五年生ころからは転出生が相次ぎ、町の人口も生徒数も激減していた。

「めっきり人口が少なくなってきとうとに、あげな大きな店ば建てて儲《もう》かるとやろか？」

大人たちは口々に噂したが、その噂を吹き飛ばすように、若田ショッピングセンターと名づけられたこのスーパーは、開店時も開店してからあとも盛況を極めた。

昭和三一年、日本で初めて、安価な大量製品をひとつの店舗《てんぽ》内で販売、レジ精算する形式のスーパーマーケットが出店した。その都市は、北九州の小倉《こくら》市だった。若田町にショッピングセンターが開店したのは、その五年後である。全国的にもかなり早い時期にできたことになる。地の利もあったせいもあるが、閉山というプレッシャーに押し潰《つぶ》されそうな大人たちにとっては、唯一の明るい材料だったに違いない。

溢れんばかりの商品が積まれた明るくて広い店内を、初めて目にした客たちは、大人も子供も関係なく嬉しかったはずだ。

若田町ではとてもお目にかかれないようなおしゃれな文房具、可愛いデザインのコーヒーカップ、見たこともない大きなサイズのチョコレート……。それまで二時間ばかり汽車と電車に揺られ、やっと着いた博多《はかた》の百貨店でしか買えなかった、魅力的な商品が所狭しと並んでいるのだから。

大人たちでさえ舞い上がっていたスーパーマーケットの開店だ。六年生の美智子たちにとっては、地に足が着かないほどの緊張感だった。

「ど、どこから行けばよかとね？」

「どこでんよかよ、ほしかもんがあるところに行けばよかとよ」

そう言いながらも美智子たちはハアーとため息をつくばかり。

「カゴをお持ちください」

店員の声に我に返った美智子たちは、初めて見る赤いプラスチックのカゴを抱え、夢遊病者《むゆうびょうしゃ》のように店内を彷徨《さまよ》った。ドキドキしながらも美智子が一番先に目をつけたのは、表紙に大きな瞳《ひとみ》の美しい少女が描かれたノートだった。学校の購買部にも、町の小さな文房具店でも、ノートといったら味気ない灰色の無地の表紙の大学ノートだけだった。思わず手に取り暫《しばら》く眺めていたが、やっぱり元の場所に戻した。お金が足りなかった訳ではない。

「勉強せないけんとに、玩具《おもちゃ》みたいなノートば買うて来て！」

多分、房江がそう言うだろうと思ったからだ。学校でこんな派手《はで》なノートを持っている生徒はひとりとしていなかった。出鼻《でばな》をくじかれた形になった美智子は、結局何ひとつ買えないで、カゴの中は空《から》っぽだった。気のせいか、カゴの真っ赤な色が褪《あ》せて見えた。

ほかの四人も美智子同様、五分ほどしてレジ付近に戻って来たが、誰ひとりとしてカゴの中に商品を入れている者はいなかった。

「何もこうとらんやなかね」

「あんたもこうとらん」

そう言いながら、全員何も入っていないカゴをそそくさと返し、夢遊病者のような状態のまま店を出たのである。しばらく話す言葉もなく駅まで歩いて行った。

「どげんして、皆、なーんも買わんかったと？」

五人の中のひとりが尋ねた。

「ばってん、皆カゴん中にいっぱい買い物しとんしゃーとに、ウチだけ一個だけちいうのは、どげん考えても恥ずかしか！」

美智子の答えに賛同したかのように、全員一斉に大きく頷いた。

本当は美智子の負け惜しみである。あの少女絵のノートを買う勇気がなかったことを密かに後悔していた。

凱旋《がいせん》勝利の勝ちどきをあげられなかった五人は、階段の一番上の段に座り、眼下に広がるジオラマの町を言葉もなく見ていた。

「金井さんはかわいそうやったねー」

一番端で、小さく呟いた声に、何が？　とあとの四人が横を向くと、

「そうやろうも。せめて明日が最後やったら、金井さんも、ウチたちと一緒に、スーパーマーケットを見れたとに」

しばし沈黙が続いたあと、おずおずと美智子が口を開いた。

「言うちゃ悪かばってんが、名古屋ばい。こん町より何十倍も都会たい。スーパーマーケットくらい比べもんにならんくらいあるとやなかろうか」

この言葉は五人に沈黙をもたらした。五人の目の前には、ジオラマの町が広がっていた。町にたった一軒しかない緑の屋根の映画館から駅へと続く道を、ゆっくりと玩具のようなバスが走っていた。

「テントウムシみたい」

美智子がふっと呟くと四人が一斉に美智子を見た。

「テントウムシって？　あのバス、赤色やなかよ」

「色じゃなかよ、ほら！　よう見とると、今にもあっちの道、こっちの道、どこでん飛んで行くごたある」

「道言うても、一本しかなかよ」

別の一人が反論した。

「道やのうても、あのテントウムシが飛んだところが道になるとよ、ウチたちが大人になったとき、こん町は人がまだおるとやろか？　皆そげん思わん？」

美智子以外の女の子たちは、美智子が言わんとすることを理解できないでいた。

「ウチは、こん町の炭坑が全部のうなっても、それでもこん町を愛しとう人間はいっぱい町に残るち、思うとう。自分はこん町から出ていくかもしれん。あの小さかバスは一本しかない道だけを走らんで、あっちの道こっちの道と、自分が好きな道を走ることができる。それは自由たい。あの小さかバスはウチらたい。ここに残ろうと、どっか別の場所に引っ越そうと、ウチたちはテントウムシみたいに自由に道を選べると！　そう思わんね？」

美智子が言った言葉が五人にしばしの沈黙をもたらした。今にも崩れそうな長い歴史の木造駅舎も、たった一本しかないホームも、自分たちが座っていたベンチも、蟻んこのような人々も、広げた腕の中に収まるほどのミニチュアサイズに縮小され、美智子たちの視界にすっぽり収まっていた。五人の見たままに、小さな小さな町だったのである。

夕げの風景

「どこいっちょったとね、心配しとったとよ」

帰宅して、玄関の戸を開けたとたん、待っていたと言わんばかりに房江が大声をあげた。研《と》いだ米が入った釜をカマドの上に乗せながら、

「夕飯の支度ばせんな。あんたは、七輪の火を起こしんしゃい」

そう言いながら、房江が顎で示した土間には、古新聞紙と、豆炭が入ったバケツと、焚《た》きつけ用の木切れが何本か置いてあった。

美智子は、台所の隅にあった七輪を外に持ち出し、道路の真ん中に置いた。七輪の中に鉄製の網があるのを確かめ、慣れた手つきで、丸めた新聞紙を入れ、その上に何本かの木切れを重ならないように注意深く置いた。シュッ！　と擦《す》ったマッチ棒の先から勢いよく飛び出た炎を新聞紙に近づけると、みるみるうちに新聞紙が燃え、間もなく木切れにも燃え移った。燃え出した木切れの火の勢いが弱まる前に豆炭をくべ入れる。しばらく経つと、豆炭が黒から赤へと変わっていく。

直径三センチほどの小さな黒い玉が、一つひとつ劇的に色が変わっていく様子を、何故だか美智子は気に入っていた。七輪の周囲を真っ赤に染め、燃えさかる豆炭の赤い色を見ていると、まるでロシア民謡の主人公になった気がした。凍《い》てついた大地に点在する家々の、温かい暖炉の中でパチパチと爆《は》ぜるオレンジ色の炎。それは、豆炭が燃え盛る赤い色にも似て、美智子を簡単に空想の世界に引き入れた。目を閉じて手をかざすと、掌《てのひら》にじんわりと温かさが広がった。

暖炉の前では、ショールを巻いたおばあさんが揺り椅子に腰かけ編み物をしている。暖炉の上では綿のような白い湯気を噴《ふ》き出して沸騰《ふっとう》しているヤカン。そのときだ。

「また、ボケーとして。はよう、空気窓を閉めんね」

長屋中に聞こえるような大きな房江の声がした。美智子は一挙に現実に引き戻された。七輪の下の空気を入れる小さな窓を閉め、豆炭の火力が衰えるのを確かめると、注意深く、家の中に運び入れた。このまま、空気窓を開けていたら、豆炭が燃え尽きて真っ白になり、また房江に呆れられるところだった。

「ここは暑いき、ご飯が炊き上がるまで、あっちで宿題でもしちょりんしゃい」

そう言いながら、カマドに薪《たきぎ》をくべる房江の襟足《えりあし》からは、汗が流れ出ていた。

「魚焼くくらい、ウチにもできるき」

美智子がそう言うと、

「どげんして魚ち知っとうと?」

首に掛けた手ぬぐいで、したたる汗を拭きながら、振り向きざまに房江が尋ねた。

「誰んでんわかるとよ。今日は金曜日やき、松じいさんが来る日やろうも」

松じいさんとは魚の行商人で、週に二度、決まって月曜日と金曜日にやって来る。やって来るのはいつも午後三時過ぎだった。冷蔵庫がある家は皆無だったせいもあるが、三番方の父親が寝ている家もあることを知っているので、いつもこの時間だった。この松じいさんもまた、若いころは炭坑夫だったそうだ。リヤカーに魚が入った木箱を積んで、ゆったりした足取りで、松じいさんがやって来る。

「さかな～、え～、さかな～」

しわがれた松じいさんの声が通りに流れると、五軒長屋のあちらこちらから、手に手に鍋を持ったおかみさんが出てきて、

「今日は何があると?」

そう言いながら、松じいさんがおもむろに開けた木箱の中を覗き込む。慣れた手つきの松じいさんが、木箱の中の氷を分けると、氷に埋もれた魚が顔を出す。殆どがアジかサバかイワシなどの青魚だった。

秋にはサンマもお目見えした。たまにカレイかイカでもあろうものなら、それはもうごちそうだった。魚が隠れるほどの氷も一緒に鍋に入れてくれた松じいさんは、またゆったりと次の通りへと移動して行く。

近くにあるのは八百屋《やおや》だけで、魚屋も肉屋もなかったせいか、松じいさんの出前の魚屋は大変重宝がられていた。できたばかりの町中のスーパーマーケットよりも、遥かに人気があった。

「房江、はよ酒ば持ってこんか！」

早々と茶の間の卓袱台《ちゃぶだい》を占領し、晩酌《ばんしゃく》の酒を今か今かと待っている正吉が、所在なさげに首を伸ばして房江に尋ねた。

「まちっと、待ちんしゃい。ほんなこつ、子供んごとある」

「まだねー、もう待ちきれんばい」

正吉は尚もしつこく要求する。

「酒んこととなると、どげんして、あげん、いやしゅうなるとかねー」

房江はブツブツ言いながら、流しの下に隠してあった酒瓶を出し、コップに焼酎《しょうちゅう》を注ぎ、卓袱台の上に置いた。

「酒ん肴《さかな》はなかとね？」

泣き出しそうな正吉の顔にぷっと吹き出しそうになるのをこらえて、

「今来るき、まちっと待たんね」

房江がそう言った途端、

「ええー、おきゅうと（福岡県の海藻《かいそう》加工食品）、おきゅうと、いらんねー、冷たかおきゅうと、いらんねー」

このときを狙っていたかのように、おきゅうと売りの声が聞こえてきた。

「ほら来んしゃった！　美智子、こうてきんしゃい！」

美智子は房江にもらった硬貨《こうか》を握りしめ、鍋を片手に外へ飛び出した。おきゅうと売りのおじさんが引くリヤカーの周りには既に長屋のおばさんたちが鍋を片手に順番を待っていた。

「美智子ちゃん、あんた先に買いんしゃい」

隣のおばさんが順番を譲ってくれ、急いで家に戻ると、卓袱台の上には既にお皿が置かれていた。おきゅうとが来るのを待ちかねていたのは正吉ではなく、まるでこの皿のようだった。流しの冷水できれいに洗ったおきゅうとを鍋からこぼさないようにお皿の中に移し替える。その美智子の一連の動作を笑いながら、正吉が黙って見ていた。

正吉が大人しく晩酌を始めたのを見ながら、

「さあ、ウチが魚焼いちゃるきに」

いつになく張りきった美智子が焼き網を探しているのを見ながら、

「今日は、いつもんごと、網で焼くとじゃなか」

房江は、自慢げに笑いながらフライパンを持ち出した。

「婦人会でなろうて来たばい。カレー粉で美味《おい》しか味になるとよ」

七輪の空気入れの窓を全開して強火になったのを確かめた房江はおもむろに、フライパンを置き料理を始めた。カレー粉をまぶした鯵《あじ》をフライパンで両面焼くと、部屋中にカレー粉の香ばしさが漂った。

焼き上がった鯵に、炒めたモヤシを付け合わせた皿を、房江が得意満面で卓袱台に乗せ、

「ウチん方は、ちょっとばっか、よそとは違うき。ただ、網で焼くばっかりが魚やなか」

そう言ったときだった。

「ただいま」

猛が学校から帰って来た。

「今日はどげんしたとやろか？　どこん家からもカレーの匂いがしよる」

猛の言葉を聞いた房江は、あっと言う顔をしたまま、台所に降りて行った。小刻みに肩を震わせて流しに立っている房江の後ろ姿を見ながら、美智子も必死に笑いをこらえていた。

「なんね、どげんしたと？」

怪訝《けげん》な顔した猛はさておき、既にでき上がった正吉にこの可笑《おか》しさがわかるはずもなく、美智子は魚を買ったおばちゃんたちの顔を思い浮かべた。多分、皆同じようにカレー粉をまぶした魚をフライパンで炒めたに違いない。違いは、その魚が、鯵だったのか、鯖だったのかということだけだ。さあ、食べようかというときに、

「大野さん、すいまっせんばってんが、醬油《しょうゆ》かしちゃらんね」

いつものように洗濯母ちゃんが醬油を借りに来た。「貸して」と言っても、返ってきたためしはなかった。

「よかよ。ちょびっとしかなかばってん、よかね」

「すんまっせん。これ食べてみらんね、昨日、婦人会で鯵のカレー粉焼き、教わったばってん、つくったとよ」

そう言いながら洗濯母ちゃんが差し出した皿には、鯵のカレー粉焼きが乗っていた。あれっ！　という顔をして、卓袱台に乗った鯵のカレー粉焼きを見つけた洗濯母ちゃんは、

「あんたんとこもね〜」

そう言うとそそくさと、差し出した皿を引っ込めた。

「ウチん方だけち、思うとったけど、今晩はどこででん、この鯵のカレー粉焼きにしとらすごとあるばい」

洗濯母ちゃんの言葉に、こらえていた笑いが一挙に爆発した。いつの間にか制服から普段着に着替えた兄が、正吉の横で笑いをかみ殺していた。正吉はといえば、更にお酒が入り訳がわからないままに、笑いの輪の中にとりあえず入っていた。賑やかな夕食が終わろうとするころを見計らったように、いつもの客が開けっぱなしの玄関からヌーと入って来た。

客といっても、同じ長屋の住人だ。この長屋の水道代は殆どが洗濯母ちゃんがつこうとると、いつも言っている西村のおじさんだ。

「こんばんわ、大野さん。あ、奥さん、いっつもすんましぇん」

言うが早いかそそくさと茶の間に上がり込み、持ってきた灰皿を畳の上に置き、自分のポジ

ションを決めている。

「旦那さん、どうね」

そう言いながら、西村のおじさんはポケットから出した煙草を一本、正吉に勧めるのだ。この煙草が夕飯の終わりの合図となる。そしてプロレスタイムの始まりの合図でもある。

美智子が小学校四年生のときにテレビがわが家にやってきた。長屋では一番乗りだった。「皇太子様と美智子様の御成婚を見らんないけん！」と言って新し物好きの房江が、一世一代の買い物と称して買ったのが、このテレビだった。

忘れもしない、テレビが来た日は隣の長屋の人たちも、そのまた隣の長屋の人たちも、運よく通りがかった、さお竹売りのおじさんも、美智子の家に吸いつけられるように集まった。

学校から帰ると、家の前は黒山の人だかり。自分の家なのに、家に入れない。人をかき分けかき分け、やっと玄関越しに茶色い土間が見えたとき、怒涛《どとう》のような拍手が起こった。

「ああ、映った、映った、凄かねー」

「人が動いとう！　歩いとうよ」

鳴りやまぬ拍手に、思わず一緒に拍手をしている美智子を見つけた房江が、

「美智子、なんば拍手しちょっと？　自分の家やろうも、早よ入らんね」

そう言ったので、黒山の人たちが一斉に笑い、長屋は大爆笑の渦《うず》に巻き込まれた。

その日の夜から美智子の家には、夜七時には子供たちが、八時には大人たちが大勢詰めかけ

た。多いときは一五人ほどが、四畳半の茶の間に溢れかえった。七時から、当時、子供たちに大人気だったヒーローものや、犬が主役のアメリカのホームドラマがテレビ画面に流れると、子供たちの眼は、キラキラと光り輝いた。

待ってました！　とばかりに、悪人どもを懲《こ》らしめようと、さっそうとヒーローが現れる。オートバイにまたがったヒーローの首に巻いた白いマフラーが風に靡《なび》くと、ここぞとばかりに、男の子たちが、家から持ってきた風呂敷を首に巻き、両手を前に差し出す。アクセルを握る手つきを真似《まね》て、「ブゥオーン、ブゥオーン」と一人ひとり叫ぶものだから、煩《うるさ》くて仕方がない。そんな男の子たちも、アメリカのホームドラマが始まると、いつもの煩さはどこへやら、一斉に水を打ったように静かになった。

「ハーッ」というため息があちらこちらから聞こえた。画面の中の冷蔵庫の大きさにため息をつき、その冷蔵庫の中の牛乳瓶の大きさに度肝《どぎも》を抜かれ、更に子供たちが勝手に好きなときに冷蔵庫を開け、美味しそうに牛乳を飲んでいる様子に圧倒された。学校の給食で出される脱脂《だっし》粉乳《ふんにゅう》の味しか知らない子供たちにとって、画面の中の牛乳は、まるで魔法の液体に映った。

家の中だというのに、腰から下のフレアーが大きく広がったワンピースを着た母親の美しさもさることながら、彼女が冷蔵庫から取り出したハムの大きさに、羨望《せんぼう》の眼で見続ける子供たち……。ドラマの流れは完全にどこかへいってしまった。ただただ、ハムの大きさだけが脳裏に残った。そんな子供たちと対照的にお父さんたちは煩かった。見る番組は決まって野球中継かプロレス。

「こげん球も打てんとか～！」

「力道山《りきどうざん》、なんばしちょっとか。早よ怒らんね、まだ我慢すっとか」

毎晩テレビ相手に喧嘩を売っているようなものだ。その賑やかさもテレビが普及するにつれて、一人減り、二人減り、とうとうこの小父《おじ》さん一人になってしまい、美智子の家の夜に静かな時間が戻ってきた。口は悪いがもともと人のいい小父さんだったので、美智子たち家族は別に気にも留めていなかった。

そのうちにこの最後の小父さんも姿を消した。小父さんの奥さんがチャンネル権を与えてくれたからだ。小父さんの家は女系家族で、おばあちゃんと奥さん、子供は二人の娘たち、その中で男は小父さん一人。テレビがあるのにもかかわらず、見る権利がないばっかりに、最後の一人になってでも他の家にテレビ観賞に行く夫に、

「もういい加減にせんね、見たい番組見りゃいい。迷惑やき、もう大野さんとこに行きんしゃんな」と、奥さんの鶴の一声で、小父さんは自分の家でテレビを見れるようになったらしい。

その小父さんが完全に来なくなったころ、夏休みが始まった。

流れもん

学校に行かなくなったら、時間を自由に使えると期待していたが、そうはいかなかった。夏休みの期間中、地区の子供会の催し物に参加して、低学年の子供たちの世話をするのが、六年生の役目になっていたからだ。

子供たちが集まる建物は木造の二階建てで、平屋ばかりの長屋の中にあって、そこだけポツンと目立っていた。

誕生会や学芸会などの催しは、二階の三〇畳もあろうかというくらいの大広間で行った。二、三年前には、それでも入りきれない子供たちが廊下まではみ出ていて、子供たちは競って先を争って広間に座りこんだ。板敷きの廊下でも否応なく正座させられたからだ。

黒いダ～イ～ヤ～のま～ち～のなか～♪

ぼくたち～皆～よい子のつどい～♪

催し物のときに必ず合唱する、子供会の会歌。黒いダイヤとは石炭のことだ。ダイヤといわれたほど、もてはやされた石炭だが、めっきり少なくなった子供たちの歌声が、衰退していくばかりの炭坑を物語っていた。

　そんな八月の誕生会の日、とんでもない事件が持ち上がった。美智子が一階の台所で、婦人会のおばさんたちの料理の手伝いをしていたときのことだ。何だか二階が妙に騒がしい。なんばしちょるとやろか？

　不満げに呟きながら二階に駆け上がると、先ほどの騒ぎが嘘のように収まり広間は静まり返っていた。誕生会が始まるまで時間があるのにもかかわらず、既に一〇人以上が集まっていた。全員立ったままで、眼が定まらない。何かあったに違いない。

「何があったと？　何かあったとね？」

　美智子が何度そう叫んでも、子供たちは黙って突っ立ったままだ。

「何も言わんな、わからんよ」

　しばらくして好子《よしこ》が重い口を開いた。

「浩太郎《こうたろう》と、正太《しょうた》がボタ山に行きよった」

「えっ？　二人きりで行ったとね？」

「うんにゃ」

「他に誰が行きよったと？」

「哲《てつ》と勇《いさむ》ちゃん」

「どげんして、またこげん暑か日に」

真夏のボタ山は、想像を絶するほどの熱さになる。真っ黒なボタはそれだけでも陽光を充分集める。更に燃えやすい石炭がまだ残っているボタを集積した山は、山自体が燃えるような高温になってしまう。

遊び場の少ないこの辺りの子供たちは、『危険』と書いてある看板を無視して、ボタ山の裾野《すその》の落石止めの板塀《いたべい》を乗り越え、よく山を登っては近くの大人たちに叱られた。ボタ山の急な傾斜に体を添わせ、山の斜面に足を踏み込むと同時にもう片方の足を踏み込み、どこまで上に登れるか競い合った。ズルズルと山肌のボタが滑り落ち、自分の体も流されていく感覚は子供たちにとってはスリル満点の遊びだった。しかしそれも春や秋の過ごしやすい季節だけのこと。

「誰も止めんやったとね？」

美智子の問いに、

「ばってん、誰も止められんたい、決闘ち、言いんしゃって……」

「決闘？」

「浩太郎は、ウチたちの子供会には来れんとに、何回言うてもまた来よるち、正太がからかって……」

「そんあと哲が、どうせ、おやつだけもらいに来よったとやろが、お前はおやつ泥棒《どろぼう》たいち、言いんしゃったき……」

好子が言い終わらないうちに、美智子は二階から一階へと降り、玄関を飛び出した。走り出すと少し体が前に傾いだ。特に小児麻痺を患った右足に力を入れるたびに、カタンと右肩が落ちた。

それでも懸命に走った。ボタ山はいつもの倍は見えるほど目の前に、大きくそびえ立っていた。いつでもおいでと言わんばかりに……。

しかし、その山の麓に行くには美智子の足だと歩いて二〇分はかかる。浩太郎も、正太も哲も勇ちゃんも低学年だ。いくら美智子が足が悪くても追いつくに違いない。

息せききって、ボタ山に着くと、正太と哲と勇ちゃんの三人が、前方から歩いて来るのが見えた。ゆらゆらと立ち上るかげろうの中で、三人の体も海草のように揺らめいた。

「怪我はなかったと？　あんたたち、決闘するち、あげな熱いとこで。よう平気やったね」

「うんにゃ、足が火傷《やけど》するごた熱かったけんやめたばい！」

美智子の心配をよそに、正太がケロッと、何事もなかったように答えた。

「ケンカせんかったとやね」

「ケンカやなか、決闘たい！」

人一倍負けん気の強い哲が胸を張った。

「決闘ち言うたっちゃ、三対一やなかね。あれ？　浩太郎はどげんしたとね」

浩太郎は家に帰ったと正太が話すのを聞きながら、複雑な思いが美智子の心を暗くした。

八月誕生の五人の子供たちが、『おめでとう』と墨で書かれた、紙製のお粗末な横断幕を背に、満面に笑みをたたえている。

向かい合ったその他の子供たちの拍手の中で、思い思いにプレゼントの包みを開け、更に嬉しそうな顔をした。いつものように、中身は学用品だ。子供たちが座っている目の前の長座卓の上には、お土産用のお菓子の袋が既に置いてあった。広間の後ろの方で、美智子とその他の上級生が座っている。その後ろには、残ったお菓子の袋が入った箱があり、この広間にいる子供たちをざっと数えても、充分に余る量だった。毎月、集まる子供たちの数が減っているからだ。

こんだけ余るんやったら、浩太郎の分くらいはあったとに……。

浩太郎は、この子供会がある地区の子供ではない。

二年くらい前、どこからか流れて来た一家が、線路際の崖地《がけち》に建っていた小さな小屋を住居代わりにし、そのまま居ついてしまったのだ。

父親はいず、母と幸太郎とその妹、美智子と同じ年の女の子の親子四人で、風が吹けば吹き飛ばされそうな、粗末な小屋で身を寄せ合うように生活していた。

父親は炭坑の落盤事故で命を落とし、子供たちを育てるため、母親がボタを拾って換金した僅《わず》かなお金で生計を立てているらしい。ただの噂なのか、どこまで真実なのかは誰にもわからない。わかっているのは、大人たちはこの一家を快く思ってはいないことだった。

ボタ拾いだけではとても生活できない母親が夜の仕事をしているせいもあったが、よそ者に対する警戒心が人一倍強いこの地区独特の雰囲気が拍車をかけていた。

この一家は、炭坑従事者のみが利用できる、無料の共同浴場を毎日のように利用し、用を足すのは、もっぱら共同浴場に隣接した手洗いを利用した。子供が小さいこともあり、大人たちは見て見ぬ振りをしていた。母親が帰ってこない日もあり、子供たちはいつもお腹を空かせていた。学校に通っていない子供がいるという近所からの通報で、学校関係者が慌てて手続きをして、上の女の子は学校へ通えるようになったという、まことしやかな噂も流れていた。美智子と同級生の女の子の名前は多恵子《たえこ》。

浩太郎を見るたびに美智子は、あの夜の多恵子のメラメラ燃える瞳を思い出した。何者をも寄せつけない、野獣のような燃える瞳は忘れようにも、忘れることのできない衝撃だった。

それは二年前の出来事だった。

こんな小さな炭坑の田舎町でも、少しずつ家庭にテレビが普及しだし、一〇軒に一台くらいの割合でテレビを購入する家が増えてきていた。

そんな中で長屋で一番にテレビを買った美智子の家が、毎晩、町内映画館になっていたある夏の日の夕方の食事どき、

「美智子ちゃん、ありがとう。ここに置いておくき……」

突然、美智子の背中で多恵子の声がした。窓も玄関も開け放しで食事しているので、玄関か

ら声をかけただけで、来訪者はすぐにわかった。多恵子がそっと置いた場所は、玄関から一メートルも離れていない、土間から茶の間への上《あ》がり框《かまち》だ。幅四〇センチくらいしかない板が並んだだけの狭い上がり口なので、気配だけで、そこに置いたことはよくわかっていた。

「うん、わかった」

振り向きもせずにとにかくそう答えて、食べかけのなすをポンと口に放り込み、急いでご飯をかきこんだ。半分呆れ気味にその様子を見ていた房江が、

「そげん急がんでもよかとに……」

「うんにゃ、急がんと、いっぱい来んしゃるよ。皆来んしゃったら、食べられんごとなるばい」

「はいはい」

そう言いながら、しきりに外を見ていた。

「なんね、母さんどげんしたと?」

「うん、今の女の子、あんまり見かけん子供やねー」

「うん、最近転校してきたばっかりやき……」

「この辺の子供ね?」

「よう知らん、隣の組に入って来らしたとよ。昼間、文子ちゃんのままごと遊びの相手しよったら、いつん間にか、仲間に入りよんしゃったと。妹たちに見せたいき、ちょっとだけ貸しち

やらんねち、言いんしゃって、貸してあげたとよ」

「何をね？」

「テレビたい、大阪の大姉《おお》ちゃんが送ってくれた、玩具のテレビたい！」

一瞬、ああ！　という顔をしたが、

「早く、早く！」と、急《せ》き立てるように、母もまた、これからやってくる、大勢の子供たちの場所を確保しようと、卓袱台を拭き、すぐに折りたたみの足を引き入れ、茶の間の隅に置いた。

土間から茶の間に上がる板の上り框に置かれた小さな箱はそのまま忘れ去られ、次々にやって来る子供たちが土間から上がる度に、隅へ隅へと追いやられた。その小さな箱の中には、もっと小さなミニチュアの玩具のテレビが入っているはずだった。

四畳半の茶の間からはみ出さんばかりに集まった子供たちは、夢中でテレビにかじりついていた。テレビの一番前は小さな子供たちの特等席だ。テレビの持ち主の家の子供といえども、前には座らせてはくれない。

「皆で見るんやき、小さい子が後ろやと見えんやろうも」

房江はそう言って美智子を特別扱いはしなかった。アニメの三〇分番組が終わりコマーシャルの時間になると、夢中になって見ていた子供たちの肩の力が、ふっと抜けるときがある。

「こんばんは」

そんなとき、玄関から聞こえた聞き覚えのある声に、美智子が首を伸ばして見てみると、同じクラスの平井《ひらい》さんだった。

「あれ、どげんしたと？　ウチん方にテレビを見にきたと？」

彼女の家の近所にもテレビのある家が確かあったはずだ。ここまで来るには遠過ぎる。

「美智子ちゃん、あんた、多恵子にテレビの玩具ば、貸さんやったね？」

「うん、貸した。ばってん、夕方返しに来んしゃったよ、ほら」

そう言いながら美智子が指差した先には、今にも上がり口から落ちそうなほど、隅っこに追いやられた小さな箱が、半分傾いていた。

「中身ば見たと？」

「うんにゃ！」

そう言いながら不安になった美智子が、箱を持ち上げ、あまりの軽さにドキッとして蓋《ふた》を開けると、案の定、中は空っぽだった。

「やっぱり……」

平井さんが言うには、多恵子が転校して来てから、隣の組の教室からいろんな物がなくなるのだそうだ。主になくなるのは文房具で、色鉛筆や消しゴム、定規など、次々にクラスメイトの筆入れの中から消えていく。体育で教室が空いているときばかりで、そのたびに多恵子が目撃されているらしい。

昼間、多恵子が「ちょびっとだけ貸しちゃらんね」と美智子に頼んでいたのを、近所の子供が見ていた。多分その子供が誰かに話し、平井さんのところまで伝わったに違いない。良からぬ意味で、多恵子は子供たちの間では、有名人だったのかもしれない。

「あん人は泥棒たい、中のテレビば抜いて、箱だけ返しんしゃったとよ」

「ばってん、そげん悪か人には見えんかったばい。落ちとるかもしれんき……」

必死になってそこいらじゅう探したが、どこにも玩具のテレビは落ちていなかった。平井さんは、「早く取り返したほうがよかよ！」と言い、

「皆知っとうとに、美智子ちゃんは知らんやったとね？」と、半分あきれ顔で帰って行った。

事の成り行きを見ていた子供たちは、いつの間にか始まったアメリカのホームドラマに、既に興味は移っていた。

「ウチ、行って来るき！」

そう言ったのと同時に玄関を飛び出た美智子に、

「待ちんしゃい！　どこかわかっとうと？」

問いかけた房江の声を背中で聞きながら振り向きざまに、

「うん、あの線路の崖の上の小屋たい」

そう答えたときには、既に長屋に挟まれた道路から、小さな坂道にさしかかっていた。その坂道を登り切り、線路の上にかかった橋を渡りきり、右へ曲がると、林の中を貫く、細い道がある。急な傾斜のその細道の突き当たりに、多恵子の家があった。家というよりは小屋とい

ったほうがぴったりで、どうしてこんなところにと、思われるような崖ぎりぎりに建っていた。既に辺りは夜の帳《とばり》が下《お》り始め、街灯ひとつないその細道は、多恵子の家から洩れる微《かす》かな灯りの中で、ほのかに浮かび上がっていた。

こんな淋しいところだったのか……。

微かな恐怖心と戦いながら、そろそろと、その小道を降りていった。家が近ずくに連れ、幼い子供の声が聞こえてきた。

「ねえちゃん、腹へった」

「ごはんまだね〜」

「待ちんしゃい！」

男の子の声と女の子の声だ。二人とも就学前の子供たちだろう。

「今日も芋ね〜、もう飽きた」

そう答えた声は、まぎれもなく多恵子だった。

「しかたなかろうも、文句ばっか、言いなさんな！」

母親は夜の仕事に行っているのだろうか、多恵子と子供たちの声だけしか聞こえない。小さな小さな物置き同然の家だった。家を飛び出して来たときの勢いは既に美智子にはなく、あるのは驚きと戸惑いだけだった。

どげんふうに声をかければよかとか……。こげん淋しかところで子供たちだけで留守番しよっとか……。八時にもなろうかという遅い時間になるとに、夕飯もまだ食べちょらんみたいやき……。

どうしよう、このまま帰ろうか、ばってん、せっかく恐ろしか思いばして、真っ暗な坂道を下りてやっと辿り着いとうとに……。

思いを巡らせながらも、自然と足はその家に向かっていた。美智子の家の茶の間くらいしかない家の、玄関らしき入口には、開け放された戸の代わりに、ぼろぼろの壊れかけた簾《すだれ》が掛っていた。ところどころ破れて隙間だらけの間から、部屋の中が見渡せた。

土間からすぐ四畳半ほどの板の間があり、その横が台所になっているらしく、うす暗い中でかすかに人影らしきものが見えた。それでも、板の間と台所は戸で仕切られているらしく、裸電球に照らされた子供たちが、簾の間からよく見えるのと対照的に、台所の人影はぼんやり霞んで見えた。板の間では子供たちが、ミカン箱の小さな台に向かって、何やら楽しそうに話していた。多恵子の妹と弟だ。

「今度は何にすると?」

「うん、マンガにしよう!」

「ウチん方にも、やっとテレビが来たとよね」

「来たとよねー」

テ、テレビ?

少しだけ首を動かして尚もよく見ると、ミカン箱の上に、小さな小さなテレビが置いてあるのが見えた。テレビと言っても玩具のテレビ、そう、まさしく取り返しに来た玩具のテレビだった。

大阪に就職し、働きながら看護婦の免許をとった大姉ちゃんが美智子の誕生日に送ってくれた、この辺りでは誰も持っていない、チョコレート色のプラスチックでできた玩具のテレビ。小さくてもチャンネルもあり、指でつまんで動かせるように造られた、精巧《せいこう》な本物そっくりな一五センチくらいの高さのテレビだった。本物のテレビでさえまだ少ないのに、たとえ玩具でもテレビはテレビだ。かなりしたに違いない。

美智子の三人の姉たちを、上から大姉ちゃん、中《ちゅう》姉ちゃん、小《ちい》姉ちゃんと呼んでいた。大姉ちゃんとは、一回り以上年が離れていた。美智子を妹というよりも、まるで娘のように可愛がっていた。

正月には、見たこともないような大きな飾り羽子板《はごいた》が送られてきた。

前年の誕生日には、博多の百貨店でしか売っていないような、高さ四〇センチほどの、顔が陶器でできたアメリカ製の人形が送られてきた。どれもがこの辺りでは滅多《めった》に御目《おめ》にかかれないような珍しい高価な物ばかりだった。人一倍優しかった大姉ちゃんは、足が悪かった美智子を不憫《ふびん》に思い、余計に優しくしたのだろう。

その大姉ちゃんの顔が浮かんだ。大姉ちゃんが、多くもない給料の中から買ってくれた玩具のテレビ、そのテレビが、取り返せるほどのすぐ近い距離にあるのだ。

「返して！」

そう言おうか、今しかない！　だけど……。

「ウチん方のテレビ見に来たと？」

迷っている美智子の前にあどけない妹と弟の二人の顔が迫った。簾を捲《まく》りながら、

「ほら、多恵姉ちゃんが作りんしゃったと」

「ニュースもあると。マンガもあるとよ」

美智子の前に差し出した二人の掌には、一〇センチ四方くらいの厚手の紙が何枚も乗っていた。多恵子が、小さな兄弟のために作ったのだろう。お世辞にも上手とはいえないが、テレビ番組を真似て、描いた絵だった。色エンピツで塗られたその絵を見て、

「消しゴムや小刀、一二色の色エンピツまで盗られたらしい」

そう言った平井さんの言葉が美智子の頭をよぎった。

そのときだ、台所との境の戸を開ける音がして、多恵子が美智子の視線の前に立ちはだかった。板の間に上がらないで立ったまま、美智子を睨《にら》んでいた。暗がりの中で、その目だけがギラギラと青白い炎を放ち、一心に美智子を睨み続けた。生まれて初めて見た激しい目だった。まるで蛇に睨まれ身動きできない小動物のように、身じろぎひとつせず、美智子はその目に釘付けにされた。言葉ひとつも見つからなかった。

「姉ちゃん、どげんしたと？」

息の詰まる均衡を破るかのように、妹が多恵子を見上げた。その次に幼い二人が美智子に視線を移した。その目は、先ほどとは違い、明らかに美智子を責めているような挑戦的な眼だった。

思わず踵《きびす》を返し、気の遠くなるような感覚を抱いたまま、まるで夢遊病者みたいに、ふらつく足取りで来た道を歩いていた。自分の体で、多恵子の家からの灯りを遮った形になり、来たときよりも真っ暗なその道を尚も急いだ。足元しか見てなかった美智子の前に突然人がたちはだかった。兄の猛だった。心配した房江に、迎えに行くように言われたのだろう。

「どげんしたと？　どっか具合が悪かとね？」

優しい声が聞こえた途端、胸のダムに溜まっていた涙が一挙に溢れだした。

何も言わず、ただ、泣き崩れる美智子に、

「何があったと？　言うてみんね！」

何度もそう言った猛の声もかき消されるほどに激しく泣き続ける美智子……。

「そげん泣いとったら、こけよるよ」

そう言った猛におんぶされ、暗い道を、母の待つわが家へと向かった。

「テレビは見つかったと？」

「……」

少し落ちついた美智子に話しかける猛の優しさはわかっていた。

「もう、取り返さんでもよかと?」

「もうよか、もうよかとよ」

猛のため息が、合わさった背中越しに、美智子の小さな胸に届いた。五歳上の猛はそのとき中学三年生。

同学年の中でも人一倍小さな美智子はどう見ても小学校二年生くらいにしか見えなかった。足も悪く、小さな美智子を猛もまた、大姉ちゃんのように可愛がっていた。猛の背中の温もりは、世界中の優しさを集めたように心が安らいだ。

「もう泣きんしゃんな、母さんが心配しとうき……」

あの夜の猛の背中は大きくて温かだった。

しかし、どんな温かさを持ってしても、美智子の心に深く影を落とした、あのときの多恵子の瞳の青白い炎は、ずっと消え去ることはなかった。あの家とはいえない粗末な小屋で、そこだけ異時空間からやってきた未来の品のように置かれてあった玩具のテレビ。

確かにあの家にテレビはあったのだ。音も出ない、画面も変わらない、色エンピツで描かれた絵だけのテレビ。

時々親たちが、持ってくる差し入れのジュースやお菓子を、嬉しそうに口にする子供たちのくったくのない笑顔。その笑顔と、多恵子の妹や弟たちのどこか淋しげな笑顔がだぶった。

あれから二年、学校で多恵子に会っても言葉を交わすこともなく、気がつかないふりをした。今ならあの夜の多恵子を理解できる。多恵子は必死に守っていたのだ。弟や妹たちを、いや一番守っていたのは多恵子自身のプライドだったのかもしれない。

美智子はあの夜の出来事を誰にも言っていない。平井さんには、多恵子が勘違いして箱だけを返してしまい、あとからテレビを返しに来たと嘘をついた。同い年でありながら美智子より何倍も大人の彼女は、真っすぐな目で美智子を見つめた。思わず目をそらした美智子を見て彼女が何を感じたかは定かではないが、そのあと、二人の間で、この話題が持ち上がることはなかった。

次の日から共同浴場へ行く時間もずらした。弟と妹を連れて行く多恵子の時間帯は大体夕方だ。なるべく多恵子と会わないで済むように、美智子は食事のあとに時間帯を変えた。

あのとき四歳くらいだった多恵子の弟の浩太郎は美智子のことを覚えていない。美智子のほうはすぐにわかった。浩太郎が持って帰るおやつを、妹が心待ちにしていることは容易に想像がついた。多分、多恵子も見て見ぬふりをしているのだろう。

しかし、浩太郎が哲ちゃんに「おやつ泥棒」と言われたあの日を境に、浩太郎はぷっつりと姿を見せなくなった。多恵子に「行くな！」と言われたに違いない。そして、多恵子もだんだん学校を休みがちになり、転校の挨拶をすることもなく、いつの間にか一家はいなくなった。

ボタを拾うセミ

多恵子一家を思い出すたびに、必ず美智子の中である記憶が甦る。それは、真っ黒のズボンに男物の作業着の上着を来て、ボタ山の斜面にへばりつくようにボタを拾っていた女性の姿だ。

当時、美智子は近所の子供たちと大人の眼を盗んでボタ山に遊びに行っていた。遊びといってもただただボタ山に登るだけだ。登ってはズルズルと滑り降り、また登っては滑り降り、それだけの単純な遊びだった。

ボタ山の麓は、ボタが崩れて広がらないように一メートルくらいの高さの板きれで防止柵が施《ほどこ》されている。使い古しの板を横に重ねて並べ、ところどころに、その板を止めるべく、縦にした板を地中に埋め込んでストッパーの役目を果たしてあった。その縦板も更に針金で横板に固定されてあった。

一見頑丈《がんじょう》そうに見えるこの崩壊防止柵も、長い間風雨にさらされて横板が微妙にずれているところが何箇所かあった。子供たちはそんなずれの部分を目ざとく見つけ、そこを足掛けに難なく乗り越えてしまう。考えてみれば非常に危険な遊びだった。少人数ならまだしも、大勢で一挙に登った場合に崩壊の危険性は限りなくあるからだ。『昇るな！　危険！』と書かれた看板もあちこちに立ってはいたが、その看板もまた風雨にさらされ、文字が消えかかっていた。不思議なもので、この文字が消えかかった看板というのは妙に危機感を失くしてしまう。おまけに露《あら》わになっている針金に足を引っ掛け怪我をする危険性もあった。時々大人たちが見回ってはいたが殆ど効き目はなかった。タッタッタッと駆け登ってはズルズルと滑り降りる。すばしこい子供ほど上の方まで昇っては、滑り降りる時間を長く楽しんでいた。ボタ山で遊んだあとは靴の中を注意深くチェックしなければならない。ズルズルと足を取られて滑り降りた際、どうしても細かな黒い粒が靴の中に残ってしまうからだ。

二年前の初秋のある日、茶の間で夕飯を食べているときのことだった。

「美智子、あんたまたボタ山で遊びよったねえ」

上がりがまちの踏み板の前で、文江が鬼のような形相《ぎょうそう》で美智子の靴を持って立っていた。

「あんだけ行きなさんなち言うとったとに、どげんして危なかことばするとね」

「心配なかよ、上級生もおったけん」

よせばいいのに反抗的なそのひと言が房江の怒りに更に火を点けた。

「こげん何回も言うても、お母さんの言うことを聞けんのやったら、もう罰や。夕飯抜き！」

まだ半分以上残っていたご飯が入った茶碗も、美智子の好物の厚揚げの煮物も、房江にさっさと台所に下げられ、

「わかったけん、もう行かん！」

そう言うと、そそくさと立ち上がり続きの六畳間に行き、ふてくされて庭を眺めていた。自分に非があるのはわかっていた。しかし、ボタ山に行ったこととなると烈火《れっか》の如くに怒る房江に対して、どうしても素直になれないでいた。四畳ほどの小さな庭では、毎年秋になると決まって小さな可憐《かれん》な白い花を咲かせる細い葉っぱの植物や、丁度《ちょうど》美智子の背丈ほどのグミの木が秋の夕暮れの風に揺れていた。どれも房江が植えたものだ。そんな植物を見ていると何故だかふっと虚《むな》しくなった。

「美智子、母さんに謝れ」

体育座りしていた美智子の横に、同じように座った猛が静かに言った。

「母さんがあげん怒るのわかっとうとか？　おまえ、いつか頭に大怪我したことがあったろうが」

猛の言葉で忘れていた記憶が甦った。小学校に上がりたてのころだった。極力遊び場の少ない炭坑従事者用の住宅地のなかで、唯一公園らしき場所だったのは、共同浴場の前の広場だけだった。申し訳程度にブランコとシーソーがあるだけの広場だったが、それでもこの辺の子供たちにとっては、山の神といわれていた神社と、この広場くらいしか遊べる場所はなかった。

そのシーソーで大怪我をしてしまって病院に担《かつ》ぎ込まれたのだ。

シーソーは真ん中の支柱に固定した横板が上下に動くことを楽しむ遊具だが、この広場のシーソーは支柱の大きなネジが緩んでいて、水平にも動かせる状態になっていた。つまり人の乗る横板部分が時計の針のようにグルグルと水平に回る状態になっていた。それを見て子供たちは新しい遊びを思いついた。最初はゆっくりと歩きながら横板を押して回す。グルグル回すうちに、次第にスピードがついてくる。ある程度のスピードがつけば、輪の中から飛び出ても、横板が惰性《だせい》で回り続けるであろうという瞬間を狙って、その輪からぱっと飛び出すのだ。

低学年の子供たちは、まだゆっくりと回るうちに輪から飛び出していたので、横板の回転は三周くらいで止まるが、上級生やすばしっこい男の子たちは、かなりの駆け足で回すものだから、飛び出したあとも横板はかなりの時間回り続ける。つまり、横板が回り続ける時間の長さを競うというかなり危険な遊びだった。

美智子も、よせばいいのに、自分の足が悪いということも忘れて果敢《かかん》に挑戦したまではよかったが、スピードが上がった輪から抜け出す速度よりも、一周した横板が回って戻ってくるほうが遥かに速かった。

ゴーンという鈍い音を後頭部に感じたのは覚えていたが、あとの記憶はなかった。丁度共同浴場から出てきた大人の男の人が気づき、すぐに病院に担ぎ込まれた。抱き抱えられたその胸の中で気がついたが、頭を打った痛みよりも、房江にまた叱られるであろうと思うと気が重かった。薄眼を開けて見ると、自分が来ていた洋服はもとより、男の人のシャツの胸も美智子の血で真っ赤に染められていた。

知らせを聞いて駆けつけた房江は叱るどころか「よかった、よかった」と人目もはばからず大粒の涙をこぼしながら美智子を抱きしめた。

「あんたは足が悪いんやき、他の子と同じことする前によーく考えないけんばい、もうあげな危なか遊びはしんしゃんな」

帰り道、美智子は房江の背中におぶわれながら、何度も言い聞かされた。忘れる訳がない。母親に心配をかけてしまったという反省と同時に、「美智子ちゃんが怪我したからシーソーがのうなった！」と子供たちから責められたのだから。

美智子の怪我によって壊れかけたシーソーの危険性が問題になり、普段は対応の遅い役場の職員が、即撤去の手続きをとったこともよく覚えている。

「あんとき、母さんがどげん心配したかわかるやろも。お前は知らんやろうけど、今のボタ山は昔より崩れやすくなっとうとよ。今日は何の怪我もせんかったからいいようなもんの、またあんときみたいに怪我でもして出血でんしたら、母さん気絶しよるばい」

猛の言葉が体中を駆け巡り細胞の奥深くまでしみ渡った。開け放した窓の遥か彼方《かなた》には、いつもと変わらぬ直角三角形のボタ山が、今にも薄墨色の夕暮と同化しようとしていた。直線の稜線が見えなくなったころ、何故だかわからず胸が熱くなった。

ウチは体が小さいだけやち思うとったけど、中身も全然成長しとらん……。頭に大怪我した一年生のときも、「行きんしゃんな！」とあれほど言われて勝手にボタ山に行った今日も、結局は自分のことしか考えとらん、四年生になっても、小学校一年のときから全然変わっとらん……。

美智子はすっかり見えなくなったボタ山を見ながら、子供っぽく反抗した自分を責めた。

「母さん、ごめん」

隣の茶の間に行き、台所に立つ房江の背中に向けてぽつりと謝った。

「お腹空いとうとやろ？　卓袱台におにぎりがあるけん、食べんしゃい」

房江の言ったとおり、卓袱台の真ん中には虫よけの食卓用蚊帳《かや》カバーが、こんもりとした小さな山形をつくっていた。半透明の網目模様の中にぼんやりと見え隠れする、三角形のおにぎりがいつもより白く見えた。

美智子は食卓用蚊帳を取り、まだ温かみの残っているおにぎりを頬張《ほおば》った。何故だか涙が溢れた。泣きながら食べると喉につかえる。懸命に飲みこむと喉が大きく上下に動いた。

「なんね、食べるか泣くか、どっちかにしんしゃい」

房江が笑いながら、吸い物が入った椀《わん》を差し出した。

「ウチのお吸い物、ちゃんと残っちょったと？」

美智子の言葉に小さく頷いた房江は、美智子が美味しそうに食べるのをずっと見ていた。

「兄《にい》ちゃんは？」

ふっと気がつくと猛の姿が見えなかった。

「ああ、風呂に行った。あんたも早よ食べんと。食べ終わったらあとで風呂に行くけんね」

そう言いながら房代が淹《い》れた熱いお茶に、ふーっと息を吹きかけながら、美智子はボタ山で見た不思議な光景を思い出していた。

昼間、ボタ山に登っていたときのことだった。

「美智子ちゃん！　早よ登ってこんね！」

近所の中学生の女の子が上のほうから大声で美智子に呼び掛けた。美智子は美智子なりに懸命にボタに足を深く入れ、残った足でもう一歩上へ登ろうとするのだが、そのたびにズルズルと下へ滑ってしまう。

すばしっこい子供たちは美智子の何倍も速いテンポでボタに足を入れては、もう片方の足で素早く上に踏み上げるので、あれよあれよという間に、遥か山の上まで登って行く。あっという間に美智子との距離が遠のき、美智子以外の子供たちがどんどん小さくなっていく。

「美智子ちゃーん、そこは崩れやすかけん、もちっと右のほうから登りんしゃい！」

聞こえて来た指示どおり、美智子は稜線に交差するように注意深く山肌を歩いて行った。稜線に沿って上に登るのとは違い、山肌に並行に歩くのは楽だった。踏み込んだ靴底にボタが当たる面積が大きいせいか、ずり落ちる回数は激減した。しばらくそのまま歩いて行くと、なるほどボタの崩れ具合がずっと少ない場所に行きついた。山の上からの指示どおりだった。

「よーし、ここから登れば上まで上がれる」

美智子がそう呟いて登ろうとしたときだ。

「ふん？　なんだろう？」

美智子の視線の先には、何かわからない黒い物体が稜線にへばりついていた。夏の終わりによく見る、木の幹にへばりついたままのセミの抜け殻のようだと思った。よく見るとそれは遠くにいる黒い作業着を着た人の姿だった。もっとよく見ると片方の足をしっかりと深くボタの中に入れ、もう片方の足で体を支え、背を丸めて何かしきりに腕を動かしていた。

何かを探している。そうして見つけた何かを腰に下げた袋に入れては、また探すという動作を繰り返していた。探し物といってもそこにはボタしかなく、美智子は一人呟いた。

「どげんしてボタみたいな役に立たんもん、拾いんしゃあとやろか」

何とか上まで登った美智子は他の子供たちと同じように、片方の踵を軽くボタの上に置き、もう片方の足をブレーキ代わりにして、ズルズルと滑り降りて行った。

何だったんだろう？　どう見ても女の人のようだった。どう考えても答えは出なかった。いつもだと房江に聞くことはなかったが、どうせばれてしまっている今がチャンスだとばかりに、房江に訪ねた。

「母さん、拾うたボタは何か役に立つと？」

「何ね？　突然」

「うん、今日ボタ山でボタを拾うとる女の人見たと。あげな役に立たんもん拾うて何になるとやろか？」

「ボタち言うてん、まだ石炭の部分が残っとうともあるとよ。ちーとばっかしか、残っとらんけど、そいでもまだ役に立つからボタ拾いしなさるとよ」

「拾うてどげんすると？」

「自分の家で使いなさるとよ」

「ふーん、ウチがボタを拾うてきたら、ちょっとは役に立つ？」

「美智子、そげんこと言うて、あんたまたボタ山に行きよるんやなかろうね」

「行かんよ。ばってん、そげん役に立つボタを、この辺の人たちはどげんして拾いに行かんと？」

「行かんならん必要なかろうも。この辺の家は皆、豆炭の配給があるけん。そのボタを拾うった女の人は多分どっかの小さか炭鉱から流れてきた流れもんたい」

流れもん……。子供心にも、その言葉の響きは、そこはかとないやるせなさを感じさせた。

その女の人は多恵子のお母さんではないかと房江が言った。貝山炭鉱のように、炭坑従事者とその家族に対する福利厚生が整っているところは多くはなかった。規模の大きい炭鉱に隠れるように存在していた規模の小さい劣悪な環境の炭鉱から、豊かな暮らしを求めては人々が流れてきていた。そんな人たちのことを、この辺の大人たちは「流れもん」と、差別用語にも等しき言葉で呼んでいた。

「ひょっとしたら、旦那《だんな》さんが炭鉱の事故で死にんしゃったとかもしれんねえ。女が子供抱えて生きていくち、並大抵のことやなか」

多分、ボタ山のボタを拾うて家の燃料にし、夜は飲み屋で働き、ボタを拾い尽くしたら、また違う炭鉱に引っ越ししとるんやなかろうかと、房江は顔を曇らせた。

「可愛そう……。その女の人にも豆炭をあげればよかとに……」

美智子がそう言うと、

「バカんこと言いんしゃんな！　うちらに豆炭の配給があるちことは、そん家のお父さんが、命ばかけてヤマ（炭鉱）ん中に入って、石炭ばいっぱい掘りよらすけん、もらえるとよ、ここで働いてもおらんとに、しかも契約もしとらんもんが、豆炭だけもらえるはずなかろうも」

房江の言うことももっともだった。

「ばってん、一人くらいよかろうも。皆が少しずつあげればよかとに……」

「ひとりだけ助けよって、世の中うまくいくんやったら母さんもそうするたい……。ばってん、そのひとりが『貝山大之原炭鉱はよかよ～、誰にでん豆炭をくれよんしゃる』そげん言いふらしたらどげんなる？　どっからでん流れもんが集まりよって、あっという間に豆炭ばのうなりよる」

玩具のテレビを盗まれた日に垣間見た、多恵子の家の貧しさがやっと理解できたような気がした。ボタ山にへばりつきボタを拾っている母親を、多恵子はどんな思いで見ているのだろう。

本来ボタ拾いは禁止事項である。実は危険と隣り合わせなのだ。貧しい炭鉱では、崩落や転落の危険のなか、家計のためにボタを拾うのは子供たちの役目だった。真夏の暑い時期になると、ボタ山は積み重ねた重みで自然発火して何日も燃え続けたり、火災の巻き添えで焼死した人もいた。崩落事故も起きて建物の損壊や、人が生き埋めになる被害も起きたことがある。

「あんた、あれからあの家に行ったことはあると?」

「うんにゃ、学校でもあんまり話さんようになりよったけん、家にも行かんごとなった」

「家というても、掘立小屋《ほったてごや》みたいなもんばってんが……。別に周りに迷惑をかけとらんち、あん家族は思うとんしゃるやろうけど、それは大きな間違いたい」

「……」

「冬はまだましばってん、夏は匂うとよ」

「匂うち、何が匂うと?」

「多分、小さか子供たちは、崖の下におしっこばしとうとやろ、おっきいほうもしとるかもしれん、多分穴ば掘って埋めとうとやろけど」

「共同浴場の便所を使うとるち、聞いとるよ」

「いっつも共同浴場まで行かれんやろも！　あんたは昼間は学校に行っとうからわからんやろけど、時々近くの便所ば使うとんしゃるみたいやね、ウチたちの便所も使いよんしゃったらしい。西村のおばさんが見つけて、勝手に使いんしゃんなち、大きか声ば上げて怒鳴りんしゃったち聞いたけどね」

「あの家の横に便所ばつくれんかったとかねえ」

「冗談ば言いんしゃんな、あげな所に勝手に便所ばつくったち、汲《く》み取りが来る訳なかろうも。あの崖の上は本来住宅地じゃなか、町役場に登録もされとらん」

美智子が初めて知る、大人の社会の複雑な構造だった。

「この辺の人たちは、意地悪で言うとる訳じゃなかよ。あんたは子供やきわからんやろうけど、大人の社会にはちゃんと決まりごとがあると。どげん可哀そうでん、決まりごとを守られん人は、どげんしても疎《うと》まれるごとなるとよ、仕方なかばい」

疎まれる……。そうか、やっぱり多恵子の一家は疎まれていたのだと、少なからず予期していた答えが返って来ると、美智子は言いようのない後悔の念を感ぜずにはいられなかった。

ボタ山で遊んではいけなかったのだと思った。見てはいけないものを見てしまったような後味の悪さは、それからもずっと続いた。もちろん、この会話を機に、二度とボタ山に遊びに行くことはしなくなった。それに、「疎まれる」と言う房江の言葉でハタっと思い当たることがあった。それは共同浴場での出来事だ。

あるとき、見慣れない女性が入ってきた。その女性が共同浴場にやって来ると、これ見よがしに周りの女性たちが彼女を避けていたのだ。洗い場で彼女が髪を洗うと、真っ黒なお湯がタイルの目地を染めた。そのお湯が流れて来るのをせき止めようと、傍で体を洗っている女たちは、洗面器に汲んだお湯を彼女のいる方向に流した。

美智子はそれほどお湯が真っ黒になるのが不思議だった。房江の話を聞いてやっとわかったのだ。炭塵が髪の毛の奥まで入り込んでいるからだ。そして、その女性が多恵子の母親であるとやっと気づいた。この辺でボタ山に登ってボタを拾っている女性などひとりもいないからだ。

それから何度か同じ光景を見た。ボタ山にへばりついて、ボタを拾っている多恵子の母を見てしまった後ろめたさと似た感情だった。彼女は周囲の女たちの冷たい視線に気がついていたはずだ。しかし、淡々と髪を洗い、体を洗い、気づかないふりをして、さっさと共同浴場をあとにした。あのとき、タイルを染めた真っ黒なお湯は、彼女の心そのものだったのかもしれない。

二年ほどしていつの間にか親子の姿を見かけなくなった。親も子供も周囲に受け入れられないまま、ひっそりと寄り添って生きていたあの四人の家族は、今度はどこの炭坑に流れて行ったのだろう。ボタ山自体が、少なくなってきているのに、あの一家はどうやって暮らしているのだろうか、夜になって仕事に行く母の代わりに、多恵子が今でも小さな弟妹たちの面倒をみているのだろか？　メラメラと青白い炎が燃え立つ眼をして、今でも多恵子は、いろんなものに立ち向かっているのだろうか？

さまざまな出来事を体験したこの年、美智子は小学校の四年生だった。周囲に疎まれながらも懸命に生きていた多恵子と、その家族の存在を知ったことは、美智子にとってもかなり衝撃的だった。子供ながらにも社会の不条理さに心を痛めたとき、少しだけ大人になった気がした。それもボタ山が教えてくれた。

「猛兄ちゃん、あの妹や弟たちは、ちゃんと本物のテレビを、いつかは見れるごとなるとやろか」

あれから二年、小学校の最後の夏休みのある日、盆蜻蛉《とんぼ》が飛び交い始めた夕暮れどき、茜《あかね》色に染まるボタ山を家の窓から見ながら、ふっと美智子が呟いた。

直角三角形のボタ山のすそに、夏の終わりごろになると、月見草が黄色い絨毯《じゅうたん》のように咲き乱れる。その黒いボタ山も、黄色い月見草も、分け隔てなく、夕陽が赤く染めている光景を見ながら猛が言った。

「どげんしたと？　突然、何の話ね」

「猛兄ちゃん、覚えとう？　ウチが四年生のとき、橋の上の崖っぷちにあった小屋みたいな家に行きよって、猛兄ちゃんが心配して向かえに来てくれよんしゃったこと……」

「お前、まだ、あのテレビが気になっとうとか？」

さも可笑しいといった風情で、猛が悪戯っぽく美智子を覗き込んだ。

「ウチはもう大人たい、もう六年生やき、あんときとは違うとよ。ただ、こげんテレビが、増えて来とうとに、あの家は多分買えんとやろね～、ち思っただけたい」

「お前が心配するこたなか！　俺《おれ》やお前が大人になるころには、どこん家でん、テレビがあるようになるたい。しかもカラーテレビたい」

「カ、カラー？　色つきちゅうことね！　そげんこと、兄ちゃんにどげんしてわかると？」

「俺はいっぱい本ば読んどるからわかるとよ。都会では動く道路もできるたい、電話も家ん中ばっかりじゃなか、町の中のどこんでも電話があるようになる。そげな時代がそこまで来とる」

　ふーん、高校生になると、こげん物知りになるとやろか？　美智子は二年前の夏の夜、猛の背中で大声を上げて泣いたことを思い出した。

　猛のシャツの背中を、汗と涙と鼻水でぐしゅぐしゅにしたことも。

「ウチは無駄な心配しとったんやね」

「無駄ちいうことはなか、美智子が言うたことは大事なことたい」

　猛が更に大きく見えた。

「うち、まだ言うとらんばい」

「何をね？」

「大姉ちゃんに、せっかくもろうたテレビの玩具、盗られたち……。どっかいって、わからんごとなったち言うたほうがいいやろか？」

「そげんこと、気にしちょったんか、心配せんでよかよ。大姉ちゃんも、わかってくれよる！」

「そうやろか？」

「お前も母さんに似とるけん」

「……」

「人がよかち言うか……。ばってん相手の立場を思うてやるのは、一番大事なことばい、大人になると、皆忘れるき」

猛と美智子の目の前を飛び交っていた蜻蛉の羽がいつの間にか、真っ赤な色に変わり、あっという間にその蜻蛉の姿も見えなくなったころ、長屋から、また一軒の家族が引っ越して行った。この長屋の名物人間の洗濯母ちゃんの家族だ。既に東京に嫁いでいる娘から、一緒に暮らそうと連絡があったそうだ。

「どっちみち、閉山になるんだから、元気なうちに東京へ来て、こっちに慣れといたほうがいいでしょ」

娘のその言葉に、潮時《しおどき》だなと夫婦で話し合ったのだという。一〇軒あった長屋も、もう四軒も空き家になることになる。

「奥さん、東京に行ったら、ちょびっと醤油かしちゃらん？　とか言うて他人の家に借りに行きんしゃんな。東京の人は醤油まで貸してくれんけんね！」

別れの日、ホームでディーゼル機関車を待つ間、房江が言った言葉が、涙と笑いを誘った。

「こうして送り出すのは何回目やろかね～」

明るくそう言いながらも、残された者たちは複雑な心境だった。自分たちはどうなるとやろか、おいそれとは新しい仕事は見つかるまい。

さりとて、いつかは閉山になるこの炭鉱にいても、先の見通しは立たないのだ。次の日から、長屋の明るい光がまたひとつ消えた。

筑豊地方の子供たち

秋も深まり、二学期の中間テストが終わったころ、学校の社会科見学で、町の映画館に映画を見に行くことになった。客席数が一〇〇席にも満たないような小さな映画館だったため、五年生と六年生が二クラスずつ、一日三回に分けて見学することになった。生徒数は激減していたが、学年のクラス数は減るはずもなく、六クラスはあったので二日がかりだった。

学校の正門を出て、道の端を歩く長い行列に、自転車に乗った中年の男性が驚いて何度も振り返った。二人並びで行列を組むとかなり長い距離になるからだ。最前列の生徒が「こんにちは」と会釈《えしゃく》するたびに、「こんにちは」「こんにちは」と言う生徒たちの声が、次々に列の最前列から最後尾まで津波のように流れた。

生徒たちの挨拶がずっとやまないので、その通行人は仕方なく「こんにちは」を行列が終わるまで、繰り返さざるを得なかった。美智子は何となくその通行人が可愛そうになった。

行列の最後尾に近いところに位置していた美智子は、行列が終わったときの、男性のホッとした表情を見逃さなかった。自転車に乗っていてよかったと、その見知らぬ男性に同情しながらもどこか可笑しかった。

社会科見学の映画の題名は『筑豊の子供たち』という、貧しい炭鉱の子供たちが主役の社会派映画だった。

冒頭シーンの炭住の様子に、全員が少なからず驚いた。自分たちが住んでいた長屋も炭住だが、同じ炭住でも余りにも差があったからだ。畳はボロボロに破れ、割れた窓のガラスは新聞紙で覆われ、石でできた台所の流しも、角が取れかかっていた。

こんな家に住んどる友達は誰もおらんばい。美智子がふっと小さく呟くと、隣の生徒が頷いた。

そのボロボロの畳の上に敷かれた、シミだらけの薄っぺらな布団の上でだらしなく寝ころんでいる中年の男は、主人公の少年の父親だ。父親の横には空になった焼酎瓶。炭鉱から首切りにあい、失業者となった父親は自棄《やけ》になり、だらしない毎日を過ごしていた。少年の母親はそんな父親に愛想をつかし、とっくに家を出て行った。この一家の生活費は申し訳程度の生活保護と、少年の兄からの送金のみ。兄もまた、別の大手の炭坑で働き、その給金の一部を送金してくれてはいたが、この兄のことは福祉課には言っていない。生活保護を打ち切られるからだ。

しかし、この兄からの送金も間もなく途絶えた。首切り反対のデモに参加したために、警察に逮捕されてしまった。頼みの綱は生活保護費だけだというのに、父親は相変わらずの酒びたりの日々を過ごしていた。一家の生活は困窮《こんきゅう》を極める。

学校の昼休みに、運動場に出て鉄棒にぶら下がる少年のお腹がグーとなる。教室ではクラスメイトが思い思いの弁当を広げ、楽しそうに昼食の時間を過ごしている。「俺は腹空いとらん！」と強気で叫んだかと思うと、運動場の隅の水飲み場で、ごくごく水を飲んでいた。ズボンのベルトをキュッと締め、何度も水を飲む映像が切なかった。

映像が変わり、広々とした畑が広がる農道を歩く少年と何人かの子供たちが大映しになる。どの子供も、いつ洗ったのかと思われるような酷《ひど》く汚れたランニング一枚に泥だらけのズボン。穴のあいたズックを履いているその足元は無論靴下は履いていない。どの子供も素足だ。

「腹減ったなあ、この大根、生で食べらるっとやろか？」

そのひとりの言葉に、周りの少年たちが一斉に周囲の大根畑を見渡す。次の瞬間にはワーと一斉に畑に散った。畑に入るや否や、抜いた大根の泥を払い、そのままかじりついている。

「辛かあ～」最年少の子供が叫んだ。

「ばか、大根は青いとこが甘いち、近所のおばさんが言うとらした」

少年がそう言うと、全員が葉っぱをもいで、緑がかった部分にかじりついた。

「ちっとばってん、腹の足しにはなろうも」

そう少年が言った言葉が、美智子にかなりの衝撃を与えた。少年たちは屈託《くったく》なく笑い、貧しさにつき物の卑屈《ひくつ》さが微塵《みじん》も感じられないのだ。

どげんして、こげん明るく生きられるとやろか……。自分が同じ立場やったら、こげん、笑っていらるっとやろか?

美智子は大根が苦手で、食卓に大根が入った煮物が出ると、きっちり大根だけ残して、いつも房江に注意されていたからだ。そんな自分に多少後ろめたさを感じた。

もっと驚いたのは、修学旅行の旅費を子供たち自身で稼ぐ場面だ。時には入坑禁止の廃鉱に入ってボタ拾いをする子供たちもいた。暗い廃鉱の中で腰を屈めてボタを拾う子供たちを見ていると、二年前の多恵子の母の姿が重なった。廃鉱には落盤という危険がつきものだ。ボタ山も滑落や火傷のリスクが伴う。どちらも危険を承知で稼いでいたが、あのときにボタ拾いをするのは親だった。しかし、映画では子供自身だった。

修学旅行の費用が発表されると、少年は愕然とした。少年だけではない。クラスの半数以上がその費用を払えないでいた。少年が貯めたお金は焼け石に水だった。少年はせっかく貯めたお金を父親の酒代にと無表情に差し出す。

あるとき、誰が言い出したか知らないが、筑豊地方の子供たちの惨状《さんじょう》を見かねて黒い羽根募金という運動が起こった。そのおかげで修学旅行に行けた。だが、自分たちが写った宣伝用の写真を見て少年は愕然とする。余りにも見る者に同情心を起こさせる卑屈なシーンの連続だったからだ。

「俺たちは物もらいやなか、ばっかにしちょる」

そう言った少年は、学校に行かなくなった。少年の他にも学校へ行かなくなった子供は少なからずいた。少年たちの目から光が消えた。それは無気力な負け犬の忍従《にんじゅう》の姿だった。少年はあまりの飢《う》えからお店で売っているパンを盗む。大手の炭坑に出稼ぎに行っていた炭坑夫たちは出稼ぎ先からも首を切られ、この望みのない小さな炭住に舞い戻ってきた。そして少年の父親が他界した。やっと少年の兄が戻ったとき、少年は担任教師に引き取られたあとだった。

映画が終わると、どの生徒の顔にも涙の跡が残っていた。殆どが実話に基づいた内容だと、予め《あらかじ》聞いてはいたが、どう考えても同じ炭鉱の出来事とは思えなかった。

「可愛そうな子供がおるとやね」

「こげん貧しか家があるとやねえ」

映画を見終わった直後は、口々に同情の言葉を述べていた子供たちだが、帰り道は静かだった。ひとしきりの感動が終わって落ち着いてみると、これほど貧しく不幸な生活を虐《しいた》げられている子供が、自分たちと同じ炭鉱の子供たちだという事実に打ちひしがれたのかもしれない。しかし、まぎれもない現実なのだ。生徒たちの口は重かった。

「ウチたちは恵まれとうよ、食べる物がない！　なんちこと考えられん」

美智子が歩きながら誰にともなく語りかけると、

「ウチたちが住んどるこの辺りも筑豊地方ばい。ウチたちの炭鉱もあげん貧しかとこやち、思われとうとやろか？」

どこからかそんな言葉が聞こえた。誰もがそう思っていたのだろう。

「どげん思われようと、いっちょんかまわんよ。ウチたちの炭坑で、ボタ拾いしよる子供はおる？　畑の大根盗んで食べないかん子供はおる？　そげな子供はひとりもおらんもん」

美智子はそう言いながら、主人公の少年にどこかで拍手を送っていた。自分たちの宣伝写真に憤《いきどお》りを覚えた場面だ。どんなに貧しくても人に憐《あわれ》みを乞《こ》うてまで暮らしたくないと少年は思ったのだろう。自分より年下の少年の最後のプライドに感動した。そのプライドがあるうちは、この少年は大丈夫だと妙な確信をした。それにしても、同じ炭鉱にも違う世界はあるのだと、改めて思わされた日だった。

美智子は何故か、映画館まで歩いてくる途中に出会った、自転車の中年男性を思い出していた。最後まで諦《あきら》めずに「こんにちは」と言い続けた男性の、行列が終わった時点での笑顔が忘れられない。子供たちが相手だったので、男性も無下にはできなかったのだろう。美智子はそこではたと思った。あの酔っ払いの少年の父親が、この自転車の小父さんみたいな人だったら、主人公の少年も違った人生を送れたかもしれない。少年の表情は、彼より四倍は生きているであろう自転車の小父さんより、遥かに生気がなかった。これほどまでに生きる気力をなくさせる炭坑の子供たちの惨状に涙した美智子たちもまた、炭坑の子供たちだった。

雪の日

　一二月に入った。月の初旬に珍しく雪が降った。窓から見える真っ黒な三角形の山は、真っ白に化粧直しをし、灰色の空を鋭角に区切った。美智子は雪景色を見たいがため、いつもより早く起きたつもりだったが、それでも既に猛は登校していた。一時間半もかけて北九州の高校に通っていたが、ただの一度も遅刻したことはなかった。そして高校に入学してから無遅刻、無欠席のまま、二年が経とうとしていた。

　台所からは、野菜を炒《いた》めた匂いがした。毎朝チャーハンを美味しい美味しいと食べている猛の顔を思い浮かべた。毎朝だ。毎朝チャーハンを食べ、よく飽きないものだ。

「毎朝チャーハンで、美味しい訳なかろうも」

　あるとき、美智子の疑問に答えて、猛がそっけなく答えた。

「母さんに言えばよかとに。毎朝チャーハンはもう飽きたち！」

「お前、母さんが毎朝何時に起きよるか、知っとうとか？」

「六時ころ？」

「俺は六時半に家を出るとぞ、間に合う訳なかろうも。朝ごはんも食べられんばい」

房江は、五時半には起きていた。

「もし、俺がご飯が食べたいち言うたら、母さんは四時半には起きんと間にあわんごとなる。四時半に起きてご飯炊いたち、ギリギリやろうも。カマドに火を起こすだけでも時間かかるとに。毎朝四時半に起きよったら、母さん体がもたんばい」

そうだったのか……。何にも知らずにいた自分が恥ずかしかった。それにしても、毎朝毎朝チャーハンを食べながら、それでも美味しそうな顔をできるのか！　自分にはとてもできそうもない。

房江に甘えるだけの自分とは違う猛の大きさを改めて思い知った。

そういえば、房江は寝る前に七輪の日を落とさずに豆炭をくべ、空気調節の扉を閉め、種火《たねび》を落とさないようにしていた。いったい自分は何を見ていたんだろうか。

「いいか、母さんには言うな。もし言うたら、俺はお前を妹ち、絶対思わんき」

「絶対言わん、口が裂けても言わんき」

そう言いながら、美智子は猛が少しだけ羨《うらや》ましかった。自分もいつかは母さんの役に立てるときが来るのだろうかと、自信なげに空を見上げた。開け放した窓から凛とした冬の空気が入ってきた。空から舞い降りてくる白い粉雪が、とてつもなく大きな氷の塊にも見える真っ白な三角形のボタ山に吸い込まれていく。

大きな段差がある、ひな壇式形状の敷地に建つ長屋の窓からは、眼下に長方形の屋根がドミノのように連なっているのが見渡せた。その屋根にも雪は降り積もり、連なった白いドミノが、真っすぐに直進している遥か先に、真っ白な直角三角形のボタ山が神々しいほどに鎮座《ちんざ》していた。今ごろ猛兄ちゃんも、ディーゼル機関車の窓から、白いボタ山を見ているのだろうか。

「美智子、いつまで窓開けとうと？　部屋の中を冷蔵庫にするつもりね？　寒かろうも！　早よ閉めんしゃい！」

房江の声で、美智子は一気に白い夢から覚めた。炊きたてのご飯と、味噌汁の香りが鼻孔《びこう》をくすぐり、こんな朝を迎えられる自分は幸せ者だと思った。珍しく、正吉も居合わせた朝餉《あさげ》は、いつにもなく新鮮だった。いつもなら食卓に並ぶはずもない、味付け海苔と、生卵を見ながら、

「今朝はごちそうやね」

美智子がそう言うと、

「そうやろ！　今朝は父さんもゆっくり朝ごはん食べられるき、昨日、養鶏場《ようけいじょう》の後藤さん家まで行って生みたての卵ば、買うて来たとよ」

「売りに来んしゃらんと？」

「こげな寒いときに来るもんね。雪が降るかもしれんち、昨日言うとらしたけど、そんとおりになりよったね〜」

小鉢《こばち》に割り入れた卵は、黄身の部分はオレンジ色の濃い色で、こんもりと盛り上がり、箸《はし》で

つかんでも、身が崩れることはなかった。ほこほこ湯気が立つ炊きたてのご飯の上に、醤油をたらしてかき混ぜた生卵をかけ、一気にかきこんだ。猛兄さんには申し訳ないが、美味しいものは美味しかった。

「昔からこの土地に住んどるもんは、空ば見て、天気がわかるとやろね〜」

晩酌以外は、食事時にまずしゃべらない父が珍しくボソッと呟いた。

正吉もまた、久しぶりのゆったりした朝食を楽しんでいるのだろう。

「父さん、今日は二番方ね？」

「うんにゃ、今日は休みたい！」

「えっ？　休み？　風邪でもひいたと？」

「うんにゃ」

そう答えた父は、またもくもくと食べ始めた。

「時々、交代で休ませられっとよ」

正吉の代わりに答えた房江が言うには、石炭を掘り出す量を調整しているということだった。

「仕事がないときに、こげな贅沢《ぜいたく》せんでもよか」

言葉とは裏腹に、美味しそうに食べる父を見ながら、

「こげなときやき、生卵でん食べて、元気もらうとよ」

その房江の言葉は、卵以上に元気をくれた！　この日は一日中、しんしんと雪が降り続いた。

学校からの帰り道、ふっと見上げたボタ山は、頂上の鋭利な角度が心なしか丸みを帯び、修学旅行で見た別府《べっぷ》のなだらかな山を思い出させた。

「父さんは、明日は仕事やろか?」

ふっと、差した傘を手にもったまま降ろし、空を見上げた。灰色の空の奥から、小さな白い粒が魔法のように出て来るのを見ていると、何故だかあの真っ黒な坑口に吸い込まれていく正吉の姿が浮かんだ。

どんなに地上が白い世界になろうと、この雪は、父がいる地下には絶対に届かないのだ。この空模様だと、まだ雪は降り続くだろう。

明日も休みだといいのに……。地上の白い世界から、あの真っ黒な世界に父を追いやるのは、何故だか切なかった。

夜になっても、雪は降り続いた。長屋の窓という窓からもれた灯りが、白い雪を黄橙《きだいだい》に染めた。窓の形の黄橙が長屋の建物に沿って、一直線に並んでいた。途切れたところは、引っ越して空き家になっている家だ。さすがにどの家も窓を閉め切り、長屋は静寂に包まれていた。

「寒かね~、もちっと、火を強うしようかね」

房江は、掘り炬燵《ごたつ》の中に頭を突っ込み、七輪の空気調節の扉を全開にした。炬燵の足置き場より更に三〇センチほど掘り下げられた四角い場所に七輪は置いてあった。猛はまだ帰宅していなかった。この大雪で、ダイヤが乱れているのだろう。

「どげんなっとうとやろか、汽車はまだ動きよらんとやろか」

房江が何度も呟いた。

「仕方なかろうも、こげん雪が降っとうとに。心配せんでもよか、男やき、自分で何とかせんな」

てっきり酔っぱらって炬燵でうたた寝をしているとばかり思い込んでいた正吉は、いつもの酒乱気味の口煩い親父ではなかった。何かあったときのために、いつもよりお酒を控えているに違いない。

「母さん、もう汽車じゃなかよ、ディーゼル機関車ばい、古かねー」

「そげんこと、どっちでんよかろうも」

重い空気を打ち破ろうと言った美智子のお粗末なジョークは、見事に空振りに終わった。柱時計がボンボンと八回鳴った。

「あ、そやったばい、今日は吉良《きら》が見つかる日ばい」

いそいそとテレビのチャンネルを変えた房江は、今までとは打って変わって、明るい表情になった。テレビでは、赤穂浪士《あこうろうし》の吉良邸討ち入りの名場面が放送され、長屋の雪景色と見事にマッチした。

まるで前から約束されていたかのような光景だった。番組は一番の見どころにさしかかっていた。屋敷の渡り廊下から、庭を横切るように、点々と続く血の跡、その先には小さな物置小

屋が……。その中に吉良上野介《こうずけのすけ》がいるのは、毎年のことなのでわかってはいても、

「おった！　ほら、はよ笛を鳴らさんね」

房江は、この場面で毎年同じセリフを言った。この時点で、多分猛のことは頭にないだろう。そして一番のクライマックス。

「吉良殿でござるな、お命ちょうだい！」

大石内蔵助《おおいしくらのすけ》が、今にも仇《あだ》を討たんと、小刀を握りしめたそのとき、
ガッシャーン！

長屋中を震わすような大音響が轟いた。

「な、なんね、今のは！」

言うが早いか、美智子は房江と一緒に表に飛び出した。玄関を出ながらチラッと父を見ると、せっかく楽しみにしていた番組を見ることもなく、結局はいつもと同じようにうたた寝をしていた。

「な、なんね、あれは！」

長屋の通りの真ん中当たりに、割れて飛び散ったガラスの破片と、見事に外れた窓枠が転がっていた。小さなガラスの破片は開け放された窓からの灯りをもろに浴び、太陽光のようなオレンジ色の光を放っている。

「何やろかね～」

何事かと長屋中から出て来た住人たちが、おそるおそる近づくと、

「まだ言うとか〜」

突然、その家の主人の怒鳴り声が聞こえた。

「言うて、何が悪かね〜、可笑しいから可笑しいちゆうて、どこが悪かね〜」

甲高い声を張り上げ、負けずに奥さんが言い返す。

「何ね、また夫婦ゲンカね〜」

「よう、毎晩飽きもせんでやりようよね〜」

「ばってん、今日は、いつもよか何倍も激しかね〜」

夫婦喧嘩だとわかった住人たちは、今度は物見遊山《ものみゆさん》とでも言いたげに野次馬《やじうま》に変身した。真ん中の部屋に済むこの若夫婦の喧嘩は日常茶飯事だった。酒が入るとまるで人が変わったように兇暴になるこの若い主人は、普段は言葉どおり、借りて来たネコのように大人しい人だった。

「何もこげな雪の日にせんでもよかろうも」

住人のひとりがそう言ったのも無理からぬことだった。ガラス窓がなくなり、丸見えの部屋の中には雪が降り込んでいたからだ。その雪を体中に浴びながら、二人の取っ組み合いが始まった。

「ほんなこつ、炭坑の女は気が強かね〜」

いつまで経っても終わりそうにない夫婦喧嘩に半分呆れた住人たちが、

「もう、ほっときんしゃい。こげん冷たか雪を浴びよったら、そのうち頭ん中も冷えるやろも」

誰かが言ったその言葉を河切りに、三々五々、住民たちが自分の家に帰ろうとしたときだ。

「キャー」

若奥さんの唯ならぬ悲鳴が辺りに響き渡った。裸足で窓から飛び出て来た若奥さんは、右手で左手を庇《かば》うように、よろよろ雪の中で躓《つまず》いた。若奥さんが歩いたあとには、真っ赤な血痕《けっこん》が白い雪の上に点々と続いていた。その奥さんを追うように飛び出して来た若主人の手には、まばゆく光る包丁が握られていた。

「待てー、待たんか」

尋常《じんじょう》ではないその顔を見て、誰もが尻込みをした。助けたくても、命を落としてまでは助けられない。

「あ、あんた、お、落ち着きんしゃい」

若奥さんの言葉も耳に入らない。若主人が、持った包丁を振りかざそうとしたときだ。

「やめんしゃい」

房江が、その若主人の背中にしがみついた。脇から入れた手で、若主人を羽交《はが》い絞《じ》めにした。

「や、やめんしゃい！」

周りの動きが止まった。まるで映画のワンシーンのように、人がゆっくり動いていく。

「だ、誰か加勢せんね〜」

小柄な房江が、大木に止まっているセミ状態で、尚も若主人の背中にへばりついていた。そのときだ。

「イタッ！」

若主人の声と同時にぽとりと包丁が雪の上に落ちた。包丁の横には学生カバン。がっくりと崩れ落ちた若主人と房江の前に、茫然《ぼうぜん》と猛が立っていた。猛が投げた学生カバンが見事に若主人の手に当たったのだ。

どのくらい時間が止まったろうか、あんなに暴れていた若主人はひっくり返り、長屋中に響き渡るような高イビキをかいて、何事もなかったかのような平和な顔で寝入っていた。ハッと気を取り戻した若奥さんは、房江の手を取り、

「奥さん、ほんに済んませんでした」

その瞳からは大粒の涙がこぼれていた。

「よかったばい！」

「ほんなこつ、怪我人ものうて……」

そう口々に言いながら、野次馬のまま、雪の中に突っ立っていた男たちに向かって、

「あんたたちゃそいでも男ね、ほんに肝っ玉が座っとらんね。毎日命がけで、あげな真っ暗な穴ん中に入って行きようすとに、こげなときに、命ばかける勇気はなかとね。炭鉱マンは命知

らずやなかったとね！」

房江の叫ぶ声が長屋中に響き渡った。

「母さん、もうよかろうも！」

猛が房江の割烹着の袖を引っ張るように、

「もう、やめときなさい」

そう言いながら無理やり房江を家へと連れ帰った。

家に戻ると、正吉が相変わらず幸せそうな顔をして、炬燵布団を引き寄せ、背を丸くして眠り込んでいた。

「父さん、まだ寝とる」

「こんだけ大騒ぎしとるとに、よう起きらんねえ、幸せやね〜、こん人は」

房江は部屋に上がると早々に布団を敷き、

「父さん、父さん起きらんね！　風邪ばひくよ」

そう言って、無理やり正吉を起こし布団に寝かせた。そのあと休む間もなく、

「ああ、あんた夕飯まだやろも、帰るそうそう、とんでもなかことに巻き込まれよったね」

そう言って台所で猛の食事の準備を始めた。お吸い物のかつおだしの柔らかな香りが部屋中に流れ出した。その香りの中で、美智子も、猛も、先ほどの興奮がまだ完全に冷めやらず、言葉を交わす気力もなかった。猛が食べ始めたのを見ながら、

「さっき、父さんがおんしゃったら、母さんを早よ助けんしゃったかもしれんねえ」

美智子がそう言うと、

「さあ、どげんしたかね〜？」

房江は首を少しだけ傾げて笑った。

「母さんの旦那さんばい、母さんが危なかときに知らん顔する訳なかろうも！」

「そうかねえ。ばってん、よう考えたら父さんは寝たまんまでよかったかもしれんばい」

「どげんして？」

「もし、父さんが止めに入っとったら怪我したかもしれん。どげん酔っぱらっとったち、止めに入ったんが男か女かぐらいはわかりよる。母さんが女やったから、あの旦那さんあれでも遠慮しんしゃったとよ！」

「ふーん」

「それに、もし父さんが怖気《おじけ》づいとったら、ウチは父さんにもおんなじことを言わんないけん。自分の亭主に肝っ玉が座っとらんち、よう言えんばい」

男勝りで勝気な房江は、時々とんでもなく優しい一面を垣間見せることがある。

「そげんことどうでもよかけん。それより母さん、もう、あんまり無茶しんしゃんな」

食事が終わった猛が、二人の会話に入り込んだ。

「たまげたばい、やっと家に辿り着いた思うたら、あげな修羅場《しゅらば》で……。ひょっとしたら母さんが怪我しとったかもしれんよ」

「ほんなこつ、あそこであんたがおらんかったら、どげんなっちょったかち、思うただけで背中がひやっとする。よう、あんとき帰って来てくれよったね～」

「こげん遅うなるち、思いもせんかった。ばってん、逆に遅うなって、よかったかもしれんばい」

美智子は二人の会話を聞きながら思った。結局本当に勇気があったのは、お母さんと猛兄ちゃんだけだった。父さんがその場におったらどげんしたやろか？　母さんは寝たまんまのほうがよかったち、言いんしゃったけど、父さんは絶対母さんを助けたちウチは思う。突っ立ったまんまのおじさんたちは、他人やったけど、父さんは違う。家族やき、絶対母さんを助けんしゃったはずばい！　そんな美智子の思いを知るよしもなく、正吉は隣の部屋で熟睡していた。

房江が食器を台所に運ぼうとして立ち上がった。そのすきに、

「修羅場ち、なんね？」

猛にそーっと聞いてみた。

「戦いの場所いうことたい」

「ふーん、どげんして、戦うことを修羅場ち言うと？」

「戦いの神様で阿修羅ち言う神様がおるとよ」

「ふーん……」

「お前、わかっとうとか？」

「ふーん、この長屋には、その修羅の神様が住みついとうかもしれんねえ」

美智子のませた言葉に、房江と猛は思わず顔を見合わせ、苦笑いした。

「ばってん、吉良を討ち取るところば見られんやったね〜」

残念そうに言う房江に、

「母さん、来年になったら、また仇討ばしなさるよ。ばってん吉良上野介は不死身たいね〜、毎年腹ば刺されて死んどるとに、次の年にはまた生き返って殺されよる」

美智子の言葉にどっと笑いが起こった。ひとしきり笑いが収まると、

「わかっとうとよ。わかっとうばってんが、毎年のことやけど、あの仇を討つ場面は何回見てもやっぱり見たか〜」

と、それでも残念そうな母に、

「母さん、言うちゃ悪かばってんが、吉良が討ち取られる場面よりも、何百倍もさっきのほうが凄かったばい、テレビの役者さんとは比べもんにならんき。母さんは演じたんやなか、実際に包丁ば持っとる男を羽交い絞めしたんやから」

猛がそう言うと、先ほどの興奮がまた甦った。

「そしたら、吉良上野介はあの奥さんち言うことになると？」

美智子が妙に神妙な顔をして言った。

「そりゃ違うばい。奥さんは何も悪いことしとらんやろうも」

「どっちか言うたら、吉良上野介は旦那さんやろか？」

「ばってんが、吉良が仇を討つのはおかしかろうも、反対になりよるばい」

「母さんの役はなんね？」

「後ろから押さえよるから、内匠頭《たくみのかみ》を止めた梶川《かじかわ》殿になるとやろか？」

「なんね、それやったら松の廊下になりよろうも！」

「ああ、もうわからんごとなったばい」

二人の会話を笑って聞きながら、

「もうその辺でよかろうも。二人とも、早よう風呂に行かんと、時間がのうなるばい」

そう言いながら房江が風呂に行く支度をしているのを横眼で見て、美智子がそーっと猛に耳打ちした。

「ひとつだけ確かなことがあるばい。どっちとも修羅場ち言うことたい！」

そのころ、その修羅場となった舞台では、肝っ玉が座っていない男たちが、ひっくり返った若主人を家へ運び入れ、外れた窓枠を元に戻していた。

「すみません、ほんに済みまっせん」

若奥さんが何度も頭を下げた。

「いや〜、こんくらい、いっちょん、かまわんと」

「こんくらいしとかんと、なあ……」

「ああ、せめて、こんくらいなあ」

男たちはそう言いながら、お互い顔を見合わせた。割れた窓ガラスの代わりに、とりあえず新聞紙を貼りながら何故だか全員黙り込んでいた。

「肝っ玉が座っとらん！」

房江の言った言葉は、この場にいた男たちの自尊心を痛く傷つけたようだった。

「あの奥さんは凄か！」

「女にしとくとはもったいなか！」

この日の出来事は瞬く間に他の長屋にも広がり、いつの間にか房江は、好むと好まないとにかかわらず、かなりの有名人になってしまった。

「肝っ玉母ちゃん」

周りは房江のことをそう呼ぶようになった。

次の日の朝早く、この若夫婦が二人揃って訪ねて来た。正吉も猛も既に家を出たあとで、台所で房江が茶椀を洗っていたときだった。あれだけ降っていた雪はやみ、久しぶりに青空が見えていた。快晴の冬日和《びより》だ。

「昨夜はほんなこつ、とんでもなかことをしでかして、すいまっせんでした」

深々と頭を下げる若主人は、まるで別人のように柔和な表情をこわばらせて謝罪した。若奥さんの左腕に巻いた包帯の白さが痛々しかった。

「こん人は、昨夜のことば、いっちょん覚えとらんみたいです」

「覚えとらんち、どっから覚えとらんとですか？」

房江が目を真ん丸くして尋ねると、

「はあ〜、炬燵ん中で、酒ば飲みよったとこまでは、なんとか覚えとうばってんが……」

「なんね、殆ど覚えとらんち言うことやなかですか、旦那さん。あんた危うく奥さんを殺しかけたとよ」

「いやっ、こ、殺すち、そげん大袈裟《おおげさ》な……」

「大袈裟やなかですよ。今晩あたり、奥さんの通夜やったかもしれんき。旦那さん一人になったらどげんするとですか？　一番方んとき、誰がこげん寒か朝早うから弁当ばつくって、起こしてくれよりますか？」

まるで尋問でもされているかのように、矢継《やつ》ぎ早《ばや》に房江に痛いところを突かれ、若主人はその大きな体を降りたたむように小さくして、平謝りに謝った。

「酒さえ飲まんかったら、仏さんみたいにいい人なんやけど……」

房江の言葉どおりだと、危うく殺されかけた若奥さんは、それでも自分の旦那を庇った。すごすご帰っていく二人の後姿を見ながら房江が呟いた。

「ありゃ、酒を飲んどるとやなか、完全に酒に飲まれとるばい」

「う〜ん、母さん、修羅の神様は酒好きと見えるばい！」

美智子の言葉に苦笑いしながらも、

「朝から、なん、馬鹿なこつ言うとうとね。早よ、学校行く支度ばせんね」

房江はそう言いながら、雨靴を上がり口の下に置いた。

「昨日の雪が解けよったら一日じゅう道がぬかるむき、履いて行きんしゃいよ」

房江の言葉どおり、急速に解け始めた雪のせいで玄関を出た所から既に道はぬかるんでいた。

ふっと左を見ると、何やら見知らぬ男たちが、二、三人、昨晩、夫婦喧嘩があった家の玄関から忙しそうに出たり入ったりしているのが目に止まった。ガラス屋さんに違いない。

「修羅場の後片付けか……」

美智子は小さく呟いて学校へと向かった。

家族の絆

それから三日ほど経った夕方、今度は若奥さんがひとりでやって来た。

ご主人は二番方で家にいないそうだ。

「実は今日は、また、お礼を言いに来よりました」

そう言いながら深々と頭を下げた。

「あの日以来、あん人はお酒を飲んどらんとです。大野さんの奥さんに言われた言葉が響いたち言いよりまして、酒ばやっと止めよりました。もし、俺の手でお前に何かしよったら、俺は一生立ち直れんちゆうて……」

若奥さんはエプロンで涙を拭きながら何度も何度も頭を下げた。

「お前だけやのうて、大事な家族も、どげんなったかわからんかったちゅうて……」

そう言いながら、お腹に手を当てた若奥さんは嬉しそうに微笑《ほほえ》んだ。

「ああ、そうね、そうやったんね、いつわかったと?」

「昨日です」

「そうね、いやー、おめでとうございます」

何の話だかさっぱりわからない美智子に、

「あんたも気が効《き》かんね〜、お祝いの言葉くらい言えんとね」

そう言った房江は若奥さん以上に嬉しそうだった。

「ばってん、この子供は生まれる前から親孝行たい。あんだけ大酒飲みの父親に、あ、すんまっせん！」

「いいえ、本当のことですけん……」

「その父親に、酒ばやめさせたんやからね〜」

「え、あ、赤ちゃん？」

やっとわかった美智子が大声を上げると、

「なんね、今ごろわかったとね！」

その途端、爆笑の渦が三人を取り巻き、温かい空気が部屋中に流れた。

「ばってん、こげな先のわからんときに……。この炭坑もどげんなるかわからんけん……。第二会社（受け皿となる新会社）になるち言う噂も聞いとりますし」

若奥さんの言葉がビックリ水のように、部屋中の空気を鎮静《ちんせい》化した。

「奥さん、心配することたなかよ。旦那さんはまだ若か〜、もしここが閉山になってん、すぐに新しか仕事が見つかるばい」

「そうでっしょうか」

「そうたい、ウチん方の旦那くらい歳ばとっとうと、どこも雇ってくれんしゃらんけんが」

二人の会話を聞きながら、美智子は第二会社という言葉が気になって仕方がなかった。

「ばってん、奥さんは強かですね〜。ウチは自分の旦那や言うとに、あんときは恐ろしゅうて鬼みたいに見えたとです。生きた心地がせんかったとです」

「ウチも恐ろしかよ、恐ろしかったばってんが、気がついたら、旦那さんにしがみついとった。慣れとるち言うたらおかしかばってんが、ウチん方の父さんも酷かったき」

「そげん酷かったとですか?」

「は〜あ、酷かった！　いつか、酒ば飲んであんまり暴れよったから、子供たちと一緒に押さえつけよったくらいやき」

二人のやり取りを聞きながら、美智子の中ではいつの間にか、第二会社という言葉はどこかへ飛んでしまい、今度は、自分が幼かった遠い日の出来事を思い出していた。

まだ五歳くらいだった。いつものように晩酌のあと、正吉が荒れだした。どうでもいいような細かいことにケチをつける正吉。房江だって負けちゃいない。その倍は言い返す気の強い房江。口ではかなわないと思わず手が出る正吉。

「なんね！」とやり返す房江。そのうち、激しい夫婦喧嘩が始まるのだ。

「皆、なん知らん顔しとうと！　母さんに加勢ばせんね」

見ると房江が正吉の背中にまたがっていた。仕方なく、大姉ちゃんと中姉ちゃんが両足を押さえ、小姉ちゃんと猛が両手を押さえた。そこで終わると思っていた。自分は関係ないと思っていた。

「美智子、何ばしようとね、はよヒモば持ってこんね！」

ヒ、ヒモ？　ヒモで縛ると？　父さんを？

「知らん！」

きっぱりと断った。美智子は子供の中でも一番正吉になついていた。正吉は酒を飲むと暴れるけれど、それでも、他の兄弟と違って一度も正吉に手を上げられたことはなく、飲んだとき以外は優しい正吉を嫌いだと思ったことはなかった。どう考えてもヒモで縛るなんて、子供心に納得できなかった。

「あんたしかおらんやろうも、あんたのほかに誰がヒモを持って来らるっとよ」

「ばってん……」

「ばってんじゃなか、早よ持ってきんしゃい」

「自分だけ逃げるとか！」

大好きな猛にそこまで言われ、美智子はしぶしぶタンスの小引き出しから、何本かの母の着物の帯ヒモを取り出し、手に持ったまま、部屋中を泣きながら歩き回った。

「早よせんね、早よ持ってきんしゃい」

「早よせんか！」

房江や、姉たちや猛に言われては、どうすることもできない！　大姉ちゃんに一本、小姉ちゃんに一本、と泣きながらヒモを渡した。

「何ばすっとか〜！　やめんか〜」

正吉の怒鳴り声と、

「もう暴れんしゃんな！」

そう大声で怒鳴った房江の甲高い声は今でも耳に残っている。しばらくして、到底太刀打ちできないと観念した正吉は、嘘のように大人しくなった。大虎が借りて来た猫になった。しばしの沈黙が流れ、部屋中が水を打ったように静かになった。と、突然正吉が大きな声で笑い出した。こんなに大声で笑っている正吉を見たのは生まれて初めてだった。そのうち、ひとり、また、ひとりと笑い出し、家族全員の笑い声の大合奏となった。美智子もためらいながらも、何となく笑った。笑いながら、

「どげんして、皆こげん可笑しいとやろか、そげんおかしかことね？」

心の中でそう思っていた。正吉はあのときどうしてあんなに笑ったのか、他の家族も、全員がどうしてあんなに笑い転げたのか、今ならわかるような気がする。笑うしか選択肢がなかったのだろう。とにかく笑っていれば何とか先に進む。笑っていれば家族のままでいられる。皆が皆、涙が出るほど笑い、皆が皆、涙を拭きながら正吉を縛ったヒモを解《ほど》いた。そのあと正吉

は「疲れた」と言って布団の中に入った。あとは覚えていない。

「あんとき、やっぱり可哀そうやったねえ」

若奥さんが帰ったあと、美智子がそう言うと、

「ちった可哀そうやったけど、ばってん、あのあと暴れんごとなったき、あれはあれでよかったとよ」

房江が言ったその可哀そうな人とは、房江の旦那様である正吉のことである。

本当に可哀いそうだった。しかし、本当にそうだったのか、実は父さんは父さんなりにほっとしたのではないだろうか、美智子は何となくそんな気がしていた。何に対してほっとしたのかは、よくわからない。ただ、あのとき、少なくとも正吉と家族の距離は確実に一歩進んだはずだ。酒を飲むと家族中から嫌われていた酒乱の正吉が、縛られながらも涙が出るほど笑い続けたあのときだ。飲んだときの正吉を可哀そうと思う気持ちは、これまでにはなかった。正吉への心の垣根を越えたような気がしたのは、家族全員だったはずだ。

その家族皆の思いは何年か経った今、ようやく美智子にもわかりかけてきた。しかし何はともあれ、そのあと、どんなに酔っぱらっても、正吉は暴れなくなった。口煩さはあまり変わってはいないが……。

臼と杵《きね》

労働時間削減のための休日は三日で終わり、三日目から、正吉はまた仕事に戻った。それでも、先の見えないこの小さな炭坑の町にも師走《しわす》の慌ただしさは、人並みにやってきた。そんななか、房江がまた、とんでもないことを思いついた。皆で餅つきをやろうというのだ。

しかも、この長屋の人たち全員で！

「長屋総出でか！」

呆れた顔した正吉に、

「そうたい！　皆で餅つきばして、来年はパアッと明るくせんといけん」

房江の持ち前の元気さは、こんなときでも萎《な》えることはないようだ。

逆境に立てば立つほど、強くなる房江の性格をよく知っている正吉は、とりあえずは頷きながら、

「そげん簡単にいいよるけど、臼と杵はどげんすっとか？」

「借りてくるとよ」

「どっから？」

「父さん、もう忘れたとね。何年か前まで、毎年山ん神で、餅つきばしよったろうも」

「忘れとらんよ、ばってん、あれは山ん神の神事《しんじ》で使うとるもんやろうも」

「ずっと使うとらん！」

「お、お前、まさか……」

「神事で使うとったもんやから、庶民は使うちゃいけんち決まりはなかろうも？」

いくら房江が負けん気の強い性格だからと言って、それは無理に決まっとる。正吉はそう思った。猛も美智子もそう思った。

美智子が四歳くらいのとき、房江は婦人会有志一〇人くらいで坑内へ入ったことがある。正吉は罰当《ばちあ》たりだと反対したが、婦人会の役員をやっている以上は仕方なか！ と、房江は正吉の忠告を聞かなかった。

山の神は女性の神様で山に女性が入ると焼き餅をやき、山の安全が保てなくなる！ といわれている。

当時、どの炭鉱にも山の神という神社が建立《こんりゅう》されていた。山の神というのは、もともと狩猟《しゅりょう》を生業《なりわい》とする猟師たちが、山に分け入るときの身の安全を願うため、動物たちの鎮魂のため、恵みとしての動物たちを分け与えてくれる山に感謝するために、建てられた神社である。炭鉱も「ヤマ」と呼ばれたことから、山の神を建立することになった。炭坑夫の安全祈願と、不幸にも落盤事故で亡くなった炭坑夫たちの鎮魂《ちんこん》の意味もある。毎日命の危険にさらされながら、坑内に入って行く炭坑夫たちにとって、山の神の存在は必要欠かさざるものだったに違いない。

ところがどういう訳か、この辺りの炭坑従事者やその家族たちは、今ひとつ山の神に対する畏敬《いけい》の念に欠けていた。無論、山の神が山に分け入った女性に嫉妬《しっと》し、山が荒れ狂い、事故を引き起こすなどという言い伝えもそれほど浸透してはいなかった。

正吉はもともと農家の生まれである。それも山持ちの比較的裕福な農家の次男坊だった。子供のころ、祖父に連れられて持ち山に入るとき、山の入り口で祖父が必ず深々と一礼をしていたことを覚えている。「どうしてお辞儀をするのか?」と正吉が聞くと、「山の神様にな、これからあなた様の山に入ります。どうぞお許しくださいと、お願いしとる」と言った祖父の言葉も、ずっと正吉の記憶に刷り込まれていた。祖父は正吉の姉と一緒に山に入ることを嫌った。「山の神様はもともと女の神様だ、女が山に入ると嫉妬なさる。山が怒り出すと手がつけられなくなるからな。いくら孫でも女に変わりはない」と言った言葉も、また忘れてはいなかった。山に分け入ることも、坑内に入ることも、正吉にとっては、山の神の眼の届く場所に踏み込むことだという自覚はあった。

しかし、房江のなかではそんな感覚は皆無だった。山の神というよりは村の鎮守様という存在に近く、正吉が持っていた畏敬の念はさらさらなく、遥かに親しみやすい神様だった。神事で使った餅つき用の臼を少しだけ拝借するくらい、きっと山の神様も許してくださるに違いないという、房江らしい独りよがりの確信だったのである。房江にとって、このアイデアは長屋の暗い雰囲気を明るくし、住民に希望を持たせる光だった。

人の役に立つことだと思ったら、とことん尽くす房江の性格は、正吉は充分知り尽くしていたので、それ以上は反論しようとはしなかった。そのうち諦めてくれるだろうくらいにしか思っていなかったのだ。

次の日、学校から帰って来た美智子を待ちわびていた房江は、美智子が通学カバンを置く間ももどかしく、美智子の手を引っ張るように、山ん神へと向かった。

山ん神……。本当は山の神だ。しかし、この辺りの人たちは山ん神と呼んでいる。南に向いた窓から見えるボタ山とは、まるきり反対の方向にある山ん神は、炭住の長屋に挟まれた道路からもよく見渡すことができた。直線の稜線を持つ、真っ黒で力強いボタ山とは対照的に、山ん神がある小高い丘は、その稜線も丸みを帯び、なだらかな形をしていた。

斜面に生い茂った木々は、ブナやクヌギなどの高木ではなく、中低木程度の常緑樹で、山といっても遜色《そんしょく》はないほど、緑に包まれた高い丘だった。山の頂上はサッカーができるほどの広さがあり、そこに山の神の祠《ほこら》へと続く参道、参拝するためのお清め場があるだけの、だだっ広い境内だった。頂上に行くには、長い階段を登らなければならない。その長さは半端ではなく、美智子くらいの子供の目線で見上げると、一番上の段にある鳥居は、半分ほどしか見えなかった。南にあるボタ山と、北にある山ん神のある丘に挟まれた形で、炭住の長屋がドミノのように規則正しく並んでいたことになる。その炭住街を、ぐるっと取り囲むように高くなった道路を北側に向かって上がって行くと、二〇分くらいで山ん神がある丘の麓に着く。美智子の少し前を歩く房江に、

「母さん、どげんしてウチまで一緒に行かんといけんと？」

美智子がそう言うと、振り返りながら、

「美智子でないと、行けんところがあるとよ」

そう言って美智子のところまで歩み寄って来た。

「疲れたね、まちっと、ゆっくり歩いたほうがよかね」

房江はそう言いながら、美智子の手を握った。房江とこうして手を繋いで歩くのは、久しぶりだった。最後に手を繋いで歩いたのはいつだったろうか、はっきり覚えているのは運動会の日だ。

「そう言うたら、母さん、運動会が終わったあとで、ウチを待っとったでっしょうが、覚えとるね？」

「覚えとるよ、三年生のときまでやったね〜。あんたが『恥ずかしか！　もう来んで！』ち言われるまで迎えに行っとったもんね〜」

美智子にはわかっていた。どうして房江が毎年、運動会が終わったあと、自分を待っていた

のかを！

運動会が終わり、二人で手を繋いで帰る道すがら、どんなに房江が辛かったかということも美智子にはわかっていた。本当に手を繋ぎたかったのは、美智子が徒競争で、一番ビリで走っていたときだったということもわかっていた。

美智子自身は、自分の足が不自由なことに関して、それほど特別なこととは思っていなかった。ただ、人と少し違うだけだと思っていた。そんな美智子を周りの子供たちも自然と受け入れ、当たり前のようにさまざまな遊びの面で美智子を優遇した。

ゴム飛びで美智子の順番が回って来ると、誰が言うともなく、ごく自然に、ゴムの高さを一段くらい低くした。

「うん、そこでよか！」

美智子のほうも、優遇されているという意識はなく、当たり前のようにゴムの低さを了解した返事をしていた。しかし、学校の運動会ともなると、話は一変する。

「よーい、ドン」

健常な子供も、足の不自由な美智子も、一斉にスタートを切る。

同じ位置にいるのはそこまで。あっという間に離され、走っても走っても差は広がるばかり。忘れもしない、そんな美智子の横について、房江が一緒に走っていたのは、小学校一年生の運動会だった。

矢も楯《たて》もたまらずに、思わず声援するために、横を走ったのだろうが、美智子にしてみれば嬉しさよりも、恥ずかしさのほうが先行した。

「母さん、もうよかよ、やめんしゃい！」

一年生にしては妙に覚めた言葉だったが、房江に聞こえるはずはなく、結局、房江が横についたままゴールインした。あのとき、運動場にいたすべての人たちが、泣きながら美智子たち親子を応援していた。

運動会のプログラムのなかで、一番盛り上がった瞬間かもしれなかった。ラストの男子たちによる川中島《かわなかじま》（騎馬戦）の盛り上がりでさえ、美智子たち親子の徒競争にはかなわなかった。

房江は自分の不注意で、美智子を小児麻痺という病気にしてしまった！といつも後悔していた。まだ乳飲み子だった美智子が高熱を出したあのとき、すぐに病院にかけつけていれば……。あのとき、家にある置き薬に頼ることなく、夜遅くだろうが、先生を叩き起こしても、診《み》てもらっていれば……。美智子の足を見るたびに、何度自分を責めたことだろうか。美智子が足を引きずりながらも、一番後ろから他の子と随分引き離され、それでもニコニコ笑いながら、走って来る姿を見たとき、我を忘れて美智子のところに走って行ったに違いない。

「ガンバレ〜、ガンバレ〜」と言う声援が、美智子の耳元で何度も何度も繰り返された。あのとき、母さんは徒競争で自分と手を繋いで一緒に走りたかったとやね〜、そげん思いで、毎年校門のそばでウチを待っちょったとやね〜、美智子がそう胸の中で呟きながらも、

「もう恥ずかしか、帰りに迎えに来んで！」

そう言ったのは、三年生の運動会の日だった。あのときの悲しそうな房江の顔は今でも覚えている。

「母さん、ごめんね」

自然とその言葉が口を突いて出た。

「何がね？」

「ううん、何でもなか、言うてみたかったとよ」

「変な子やね～」

気がつくと、いつの間にか山ん神の大階段の前まで来ていた。いつ見ても、登る者が圧倒されそうな威厳をたたえ、さあ登れ！　とでも言いたげに、美智子と房江を待っていた。

「うわあ、いつ見てん、高かね～」

「ゆっくり登ればよかとよ。ばってん、振り向いたらいけんよ。転がり落ちそうになりよるき」

その言葉どおり、一段一段踏みしめるようにゆっくり階段を登り切り、後ろを振り返った。

階段の一番下にあった、あれほど大きかった鳥居が、小さくなって美智子の足元にあった。眼下には、五軒長屋の細長い屋根が、規則正しく並んでいるのが見え、その先には、見なれているボタ山が、いつもとは違った雰囲気でそびえていた。うん？　と首を傾げた美智子に、「さあ、行くばい」と房江が急き立て、房江の後をついて行った。

「どこに行くとね？」

「行けばわかるき」

階段を登り切ると、左に山ん神の祠が見えた。祠まではセメントの参道を歩いて行く。途中、手や口内を清浄するための、清めの水場があるにはあったが、水を湛《たた》えた光景は見たことがなかった。その水場が元来の姿になるのは、正月の初詣《はつもうで》のときだけだった。神社といっても神主《かんぬし》が常にいる訳ではなく、参拝者も滅多には来ない。清めの水も普段は目にすることもないくらいなのだから……。

この山ん神は、一般の人たちのためではなく、炭鉱（ヤマ）で働く男たちの安全を祈願するための神社だった。

明治時代に石炭が発掘され、それからあれよあれよという間に、山を切り開き、劣悪な条件で、大勢の炭坑夫たちが雇われた。

炭住と呼ばれる五軒長屋が次々と建てられたのはもっとあとのことになるのだろうが、山がどんどん崩されていったスピードは目を見張るものだったに違いない。

明治時代の終わりころ、大規模なガス爆発があり、大勢の死者が出た。そのなかには女性もいたという。夫婦で働いていたのだ。夫が石炭を掘り、妻がそれを集め、その量だけ稼ぎ賃になった。そのあと、女性を炭鉱（ヤマ）に入れたがために、山の神様を怒らせたという噂がまことしやかに流れた。元来、山の神は、とても焼き餅の女性で、同じ女性が入ることを嫌い怒りを爆発させたのだと……。その噂を全部信じた訳ではないだろうが、この炭坑が本格的に軌道に乗り始めたとき、この神社が創建された。炭坑事故で亡くなった犠牲者の鎮魂のためでもあったらしい。

しかし、労働条件も改善され、安全対策も完備され、昔ほど事故はなくなっていた。けれど、どんなに働きやすく、安全になろうと、落盤事故、ガス爆発事故が起きる懸念は充分にあった。絶対ということはあり得ないのだ。

そんな炭鉱の歴史をつぶさに見てきた、この山ん神も、今は小さな子供たちの恰好《かっこう》の遊び場となっていた。美智子と房江が歩いている参道の両横には、玉砂利が敷き詰められ、優しい冬の日差しを浴びて、一粒、一粒が柔らかな光を放っていた。

「今日は何か、秋んごとあるねー」

美智子がそう言ったとき、後ろから子供たちの歓声がし、

「美智子ねえちゃん、どげんしたと？」

すぐ後ろで、文子が笑いながら砂利の中に立っていた。最近「遊んでほしか〜」と言ってこなくなったと思ったら、やっと同年代の友達ができたようだ。

「今日は天気がいいし、暖かいから母さんと散歩しとるとよ」

「ふーん、散歩？　ふーん……」

納得はしていない表情をしながら、にっと笑った文子は、

「バイバイ」

と手を振って、子供たちのあとを追いかけて行った。その後姿を見ながら、

「そうやろう？」

房江がぼそっと呟いた。

「何が？」

「今の文子ちゃんたい。大人は殆どこの山ん神に来んき、不思議な顔しちょったろうも」

「ふん、それで？」

「そげんやき、美智子と一緒に来たとよ。ウチひとりで来たら、何事やろうかいち、子供たちが寄ってくるやろも」

「寄ってきたらいけんとね」

「いけんとよ」

房江は山ん神の祠がある階段の前で手を合わせ、美智子にもお詣りするように指示し、おもむろに、この祠の裏手に通じる道に向かった。

道沿いには、高さ一メートル三〇センチくらいはある何本もの石柱が約二〇センチ間隔で並んでいる。その列はぐるっと祠の周囲を一周していた。近隣の有力者からの寄贈の石柱だということはひと目でわかった。その石に彫られた年号や名前も、美智子にとって初めて見るもの

ではなかった。

「ここまで来たことはなかでしょうが?」と房江が聞いたので「うん」と返事だけはしたが、実はこの場所はもっと幼いころ、散々遊んだ場所だった。この石柱を飛び石代わりに、渡り歩き、誰が一番早く祠の周りを一周できるかという、飛んでもない罰当たりな遊びをしていた場所なのだ。美智子は記録係だったが……。もちろん、誰も親に言う者はいない。もし知れたら、この場所は塀で囲われ、入れなくなることはわかっていたから……。美智子の前を歩いていた房江が突然、石柱の前で止まった。

「さあ、あんたの出番たい」

「へ?」

房江が何を言ってるのかさっぱりわからなかった。

「こっから入るとよ」

「え、ウチが?」

「あんたしかおらんめーも!　母さんがこげん狭かところに入れる思うね?」

「入ってどげんすると?」

房江はニンマリしながら、

「ほら、あそこに物置が見えとるでしょうが!」

そう言って人さし指を前に突き出した。

その方向は、石柱で囲まれた場所の真ん中で、そこには三メートル四方くらいの小さな小屋があった。その小屋の真上はちょうど祠の賽銭箱《さいせんばこ》がある辺りで、さすがに子供たちもこの小屋に入る勇気はなかった。この小屋に入ったもんは、そのまま祠に吸い上げられ、天国までも吸い上げられるという、たわいもない噂がまことしやかに、子供たちの間で広まっていたからだ。

「母さん、ま、まさか、ウチにあん中に入りんしゃいち、言うとやなかよね？」

「そのとおりたい」

「は？　ウチが？　どげんしてウチが？」

「さっきから、言うとろうも、ウチにこの狭い間が通れるち思うね？」

そりゃ無理たい、どげん見ても、体を横にして押し込めても、母さんの体の厚みだと、へたしたら抜けんごとなるばい！　と、房江の体をしげしげ眺めながら、

「いや、そげんことやのうて、どげんしてあの小屋の中に入らんないけんとね？」

美智子が問い詰めると房江はまた不敵な笑みを浮かべた。

「あん中に、臼と杵が入っとうはずたい」

「え？」

真ん丸い目をした美智子に、

「小屋みたいに見えとうけど、あれは祠の下の部屋たい」

「部屋？」

「そうたい、あの中には多分、臼と杵が入っとうはず、ここで餅つきをしとったころ、餅つきが終わったあとに、臼と杵をどっかに運んだち話はいっちょん聞いとらんし、それどころか見たこともなか。あるとしたら、こん中しか考えられんばい」

あ、そうだったのかと合点《がてん》がいった。合点はいったけれど、

「もしあったときはどげんすると？　あげん重たかもん、ふたりで持って帰られんばい」

美智子は何とかこの場を回避しようと、

「それに、あの小屋には入れんばい」

しつこく食い下がったが、

「あの小屋の中までは入らんでも、戸の隙間から中は見えるやろうも。あるかないか調べるだけたい」

房江には臼と杵のことしかないようだった。

「あんた、あの小屋に入るとが、そげんいやね！　なんか理由があるとね」

「い、いや、わ、わかったけん！」

覚悟をして石柱の間をくぐり抜け、石柱で囲まれた中にそーっと入った。後ろをふりむきながら小屋に近づき戸の隙間から中を覗った。

すこしカビ臭い匂いがした。しばらくすると目が慣れてきたのか、おぼろげながら中の様子が見てとれた。やっぱり賽銭箱辺りの下にあるのだろう。床板の隙間からかすかな自然光が、

小屋を照らしていた。

あの隙間からは、いくら自分がチビでも吸い上げられはしまいだろうと思いながら、ぐるっと辺りを見渡したが、そこには何もなかった。

「何もなかったねー」

「あの中にあるち、思うとったけどねー」

階段の一番上に座ったまま、美智子と房江は目の前のボタ山を見ていた。

「ここから見るとボタ山も小そう見えるね〜」

房江の言葉を聞いて、ああ、そうかと思い当たった。来たときにボタ山がいつもと違って見えたのは、見る位置が違っていたからだ。この場所から見ると、五軒長屋の細長い屋根が、いくつも、いくつも、連続して並んで建っているのがよくわかり、その黒くて細長い形が重なりあっている様子が、まるで羊羹《ようかん》が並んでいるように見えた。あの羊羹の中に自分はいるのだと思うと何だか可笑しかった。

「ウチん方はあの辺りかねー」

房江が人さし指をすっと前に差し出した。

「違うとる、もちっと左やろも」

房江と二人、久しぶりに他愛《たあい》もない話をしているうちに、何だか臼も杵もどうでもよくなってきた。しかし、房江はまだ諦めきれない様子で、

「五年くらい前までは、ここで餅つきをしとったとばいね〜」

懐かしそうな顔をした。

「ふーん、どげんして？　わざわざこげん高いところで、餅つきしたと？」

「奉納《ほうのう》餅つき大会たい」

「奉納餅つき？」

「この神社は炭坑で働く男たちを守るため、建てられたとよ。そのお礼にここで餅ばついて、つきたての餅を奉納したと。炭坑で働く男たちの安全祈願の神社たい」

房江の言葉を聞いて思い浮かぶのは、正吉があの真っ黒な抗口に入っていくシーンだった。

「父さんは守られとうとよね、これまで事故とかおうとらんもん」

美智子がそう言うと、

「うちの父さんは運の強い人やき」

房江が自信満々に言うには、それだけの理由があった。太平洋戦争中外地《がいち》でコレラにかかってしまった正吉は、板で仕切っただけの地中の穴に入れられ、それでも死なずに生き残って、なんと置き去りにされた部隊に追い着いたという武勇伝《ぶゆうでん》の持ち主だった。

「百人くらいコレラにかかって、助かったのはたった二人だけやったち。昼も夜も暗い穴ん中で、来る日も来る日も吐き続け、嘔吐物《おうとぶつ》と、排泄物ん中で、父さんはそれでも生きて日本に帰るち思うとったた」

そうだったのか……。

「父さんはひょっとしたら、坑口に入るとは、人より倍もおそろしかかもしれんね〜、そげんおそろしか思いしとったら、そんたびに、そんときのことを思い出すとやなかろうか」

美智子が言うと、

「そりゃそうたい、ばってん父さんは強か男たい。家族を養う思うたら、おそろしか思いを我慢して、あの真っ暗な穴ん中に入って行きよらすとよ」

炭坑以外の仕事はなかったんだろうか？

「他ん仕事ばさせとうても、あんころはなーんもなかったけんね〜」

まるで美智子の思いを見透かしたように房江が呟いた。

「死ぬ思いばしてやっと日本に辿り着いたとよ。台湾《たいわん》におるときに戦争が終わって、秋になってん、冬がきてん、『日本に帰る船がなか』ち言われて、いったいいつ日本に帰れるとやろか？　思うたら生きた心地はせんかった。ばってん、台湾人はなんか知らん日本人には優しかった。そんころ子供たちのお守りをしてくれよった台湾人の孫さんちいう娘さんがおらっしゃったと。日本が負けて台湾人が町中お祝いの行列して大さわぎやった。孫さんは『家から出なさんな』ち言うて、毎日のように食べ物を運んでくんしゃったとよ。ありがたかったばい」

「その人が、大姉ちゃんや、中姉ちゃんや、小姉ちゃんの世話をした人ね？」

時々、その人のことを姉たちが話しているのを聞いた覚えがあった。

「あんたにも話しとったと？」

「うんにゃ、姉ちゃんたちが話しとるのを聞いとっただけたい、そう言うたら、よう大姉ちゃんが話しとった。夜くろうなって、何人かの大人たちと父さんやら母さんやら家族皆で、港があるところまでずっと歩いてきつかったち！」

「そん大人たちは孫さんと、孫さんのお父さんとお母さんばい。自分の娘が、どげんしてんウチら家族を港まで送っていっちゃるちきかんき、心配でついてきんしゃったとよ。台湾人が三人も一緒におったら、もし日本人ちわかっても、危害は加えんやろうち、言いんしゃって……」

美智子が生まれる前のことだったとはいえ、自分以外の家族が辿って来た道のりが、考えもできないほど、過酷だったことに唖然《あぜん》とした。

「多分洋服をこうてやったり、家の人に煙草ばあげたり、時々お小使いばあげたりしちょったから、恩返しと思うとったのかもしれんね〜。その娘さんの親が病気んとき、日本人しか行けん病院にも内緒で連れて行きよったりしよったけんね〜」

そのあと、話は引き揚げ船の中でのことに移った。時化《しけ》の海は荒れ狂い、殆どの人たちは酷い船酔いだったこと。寄港するにも、戦後まもなくのことで日本船の上陸はとても危険だったこと。食料も水も底を尽き、乳飲み子が次々亡くなって水葬《すいそう》にされたこと。やっと寄港できたときに、ミルクとおしめの配給があり、間一髪で猛兄さんが助かったこと。

「あんときも、皆、立ち上がることもできんくらい酷い船酔いのなかで、父さんひとりだけは元気やったー。皆が吐いた物が入っとうバケツを甲板に持って上がって、降りるときはヤカンを両手に持って、皆に水を配っとった」

「もっと早うに、港に寄れんかったとね?」

戦争を知らずに育った美智子の無神経な質問に苦笑しながら、

「戦争が終わったばかりたい、どこでん簡単には寄られんとよ。日本人は憎まれとったもの」

やっとの思いで郷里に戻ってはみたが、頼みの親戚たちも食うや食わず、とても自分たち一家の面倒を見るどころではなかった。余りの貧しさに、美智子の姉にあたる絵美子《えみこ》が一歳になるやならずで死んでしまったのも、栄養失調が原因だった。そのあまりにも短かい生涯を終えた我が子を見て、正吉は決意した。これ以上家族を失いたくないと。

「最初は炭坑ち聞いたときは目の前が真っ暗になりよった。よか噂は聞いとらんかったし。ばってん来てみたら、なーんもそげな心配はいらんかったち、すぐわかったとよ。腹いっぱいご飯は食べられるし、子供たちも危険な山道を一時間もかけて、学校に行かさんでもようなったし……。なにより、皆よか人たちばっかりおらすけん。父さんのおかげたい、父さんのおかげでこげん楽な生活できよる」

「ばってん、父さんは、暗い穴ん中が、ついて回りよるね〜」

コレラにかかったときも穴の中で九死に一生を得、引き上げて来るときも穴のような暗い船底に押し込められ、やっと仕事に就いたら、また穴の中の仕事だった。しかもかなり深い地中の……。

正吉が坑口に入って行くとき無性《むしょう》に胸騒ぎがしたのは、正吉の不安と恐れの念が、無意識のうちに美智子に流れて行ったのかもしれない。ふっと気がつくと、金色《こんじき》のやわらかな夕陽が辺りを染め始めていた。

同時に冬の夕暮れの寒さも一挙に忍び寄ってきた。

「そろそろ寒うなってきたばい、帰ろうか！」

房江のあとをついて、階段を降りながら美智子は思った。やっぱり山ん神まで来ただけのことはあるき！　ボタ山を見ながら、母さんと二人で過ごした時間は、ひょっとしたら、山ん神の贈り物かもしれん。美智子は一番下の段まで降りたとき、振り返り一礼をした。ついでに、祠の下の小屋を無断で見たことも詫《わ》びた。

長屋の餅つき

　それから五日ほど経った午後だった。学校から帰ると自分の家の前が何やら人集《ひとだか》りがしていて、その人たちの真ん中に房江の姿も見えた。

　何だろう？　人たちの隙間からチラッと見えた物を見て驚いた。ま、まさか！　その見えたものはとっくに諦めていた臼と杵だったのだ。

「母さん、どげんしたとね」

「ああ、借りられたとよ」

「山ん神から？」

「うんにゃあ、まさか」

　山ん神という言葉から、あの日のことを思い出し、少しだけうろたえながら、

「後藤さんたい、あの養鶏所《ようけいじょ》ば経営しとらす後藤さんよ」

　そう言った房江は嬉しそうに笑った。今朝、久しぶりに卵売りにこの長屋にやってきた後藤さんに餅つきのことを話したところ、

「ああ、それやったら、ウチの家の物置にあるから、使うてよかよ！」という話になり、さっそく借りに行ったのだそうだ。

「どげんして持ってきたと？　こげな重たいもん」

美智子が聞くと、周りの皆の視線がある一点に一斉に注がれた。そこにいたのは、あの大酒飲みだった若主人だった。恥ずかしそうに、しかし、それ以上に嬉しそうに笑いながら突っ立っていた。

「こん若主人と、ウチたちで一緒に取りに行ったと！」

房江の言葉につられるように、

「ああ、もう助かったとよー。女ばっかりで行きよっても、リヤカーでは持って来られんかったばい。」

「ほんなこつ助かったばい。若もんはこの長屋にはおらんごとなったもんね～。ウチん方のくたびれたじいさんより、この若主人のほうが何倍も頼りになるばい」

そう口々に言う奥さんたちを見ながら、若主人は、人の良さそうな顔を更に柔和《にゅうわ》にして、満面の笑みを湛えた。多分、房江がいつの間にか若主人という呼び名を定着させてしまったのだろう。確かに若夫婦といえるのはこの家族だけだった。

残っているのは、美智子の家と、女ばっかりの家族で黒一点の男である、西村のおじさんの家、長屋の一番端に住んでいる下原《しもはら》さん老夫婦。息子はトロッコに腰を挟まれ複雑骨折し、長期入院中だったので、七〇歳くらいの御主人はとても戦力になりそうもなかった。

あとは、組合員の平川《ひらかわ》さん夫婦。三〇代後半くらいのこの夫婦には子供がいなかった。どういう訳か組合員専用住宅を嫌い、自らこの炭坑夫専用の長屋を希望したという変わり者夫婦だ。

そして、結婚はしているが、こちらもどういう訳か奥さんがずっと実家に帰ったきりになっている、にわかヤモメの多田《ただ》さん。東京出身の奥さんは、炭鉱の暮らしに耐えられんとじゃなかろうかと、周りはひそかに思っていた。いつもため息ばかりついていて、本当にこげん頼りなか体で、炭坑夫が続けられるとやろか？　そう周りが心配するほどやせ細っていた。このヤモメの多田さんに杵を持たせても、そのまま後ろにひっくり返るかもしれない。

どこの長屋でも、幼い子供がいる比較的若い親の家族はかなり少なくなっていた。職が決まり先に引っ越して行ったことを物語っていた。

臼と杵を空き家に運び入れ、その日の夜から、房江の町内周りが始まった。皆でお金を出し合って餅米を購入し、正月の餅つきをしましょうという提案は、長屋の人々に喜ばれた。お米屋さんに頼んでも高くついたからだ。美智子たち一家が住んでいた長屋は、どういう訳か、少人数の家庭が多いせいもあり、余計に喜ばれたのかもしれない。その日の夜、

「ばってん、若い男があんまりおらんきね〜」

そう呟いた房江の言葉を聞き逃さなかった猛が、

「ここにおるとよ、俺が一番若いやろも」

「ああ、自分の息子を忘れとった！　ばってんあんた、できるとね？　餅つきば、やったことなかろうも」

「母さん、俺は来年で一八たい。餅つきくらい、できよるよ！」

この猛の言葉で、急遽《きゆうきよ》、次の日曜日に餅つきの日取りが決まった。

皆の思いが神様に届いたのか、次の日曜日は雲ひとつない快晴だった。冬だというのに、前日までに吹いていた冷たい風は嘘のようにやみ、春のような暖かい陽光が長屋中に降り注いだ。五軒長屋に挟まれた道路の真ん中に、臼が置かれ、その横には水が入ったバケツが置かれた。バケツには二本の杵も入っていた。杵の先端に水分を行き渡らせるためだ。

開始時間の予定の朝八時五分くらい前に、西村のおじさん家の中学生の娘二人が、大きな鍋を抱え家から出て来た。鍋の中には沸騰したお湯が入っている。転ばないように慎重に運んで来た姉妹は、臼にザーとそのお湯を流しこんだ。

「何ばしようとやろか？」

家の中から見ていた美智子が首を傾げると房江が言った。

「あれは、お湯を入れて臼を温めとうとよ」

「どげんして、そげな面倒くさいことするとね」

「臼を温めとかんと、餅が固まりやすいとよ」

ふーん、そういうことか！

「さあ、そろそろ、餅米が蒸し上がっとうかもしれん」

房江はそう言うとカマドに近づき、蒸籠《むしかご》の蓋を取り、そろそろと餅米を包んでいる布巾《ふきん》を開いた。台所中に、蒸した餅米の、何ともいえない芳醇《ほうじゅん》な香りが満ち溢れた。

「うん、上《じょう》できたい！　美智子、外に連絡！」

「はい！」

返事をするやいなや、

「蒸し上がりました～。そっちはいいですか～」

美智子の声が長屋中に響いた。

「はーい、いいです！」

西村の娘さんたちが声をそろえて返事をした。道路に長屋中の人たちが勢ぞろいしていた。例の若夫婦、西村のおじさんと娘たち、下原さんちのおじいちゃんとおばあちゃんは、誰かが用意してくれた椅子に座って、楽しそうに待っていた。組合員の平川さん夫婦も既に待機していた。ヤモメの多田さんはまだ寝ているのかもしれない。いつの間に外に出て行ったのか、猛もいた。

「父さんに蒸し米を持って行くように言うちゃりんしゃい」

「わかった！　父さあーん、出番やき～」

座敷から、鉢巻《はちまき》を巻いた正吉が出てきて、手に持ったタオルで蒸籠をつかみ慎重に臼のある場所に持って行った。

温めるために入れたお湯は、いつの間にかはかされ、その臼の中に勢いよく餅米をひっくり返した。臼の中で、真っ白な蒸し上がったばかりの餅米がほこほこ湯気をたてている。

「最初は小搗《こづ》きから」

正吉がそう言うと、

「小搗き?」

皆が一斉に首を傾げた。

「はい、こうして、米を潰していくとよ」

正吉はそう言うと、臼の周りをグルグル回りながら、杵の先に体重をかけ、餅米を押し潰していった。

「粒々がのうなるまで、こうして念入りに潰していくと!」

正吉の額に汗がにじむころになると、粒がだんだんなくなってきた。

「もうよかやろ。最初は俺たち夫婦でやってみるき、見とってくんしゃい。あとは皆で交代でつきまっしょ」

いよいよ、杵を高く振り上げながら、ペッタン、ペッタンと餅つきが始まった。

ヨイショ! ヨイショ!

勇ましい掛け声が長屋中に鳴り響く。房江の餅の返し方は慣れているだけにすばやく隙がない。振り上げられた杵が落ちる前に、臼の中に手を入れ、素早く餅を返す。真ん中から内側に器用に返す。しかも、しょっちゅう水に手をつけない。返すときに水をつけ過ぎると水分が多い餅になってしまい、早くひび割れするからと、熱いのを我慢して、手を真っ赤にしながらも水につける回数を最小限に留めていた。

「やっぱり気がおうちょらすね～、夫婦の歴史が違うばい」

平川さん夫婦が感心して見ていた。下原さんの老夫婦は、お互いに顔を見合わせてはゆっくりと微笑んでいた。

「ああ、もう疲れたき、今度は誰か替わってくれんね」

さすがの正吉も疲れたみたいで交代を申し出ると、

「あ、俺やります」

一番先に手を上げたのは若主人だ。また皆が掛け声を掛ける。

ヨイショ！　ヨイショ！

心なしか、杵を振り上げてから振り下ろすまでの時間が短く感じられ、母もまた、手で返す間隔が短かくなり、息が荒くなってきた。

「ちょっと待ちんしゃーい、ウチも交代！」

今度の餅の返し役は組合員の平川さんの奥さんだ。房江ほど素早くはないが、それでも少しずつ上手になってきた。その間に房江は二回目の餅米の蒸し具合をチェックするために、何度も家に帰り、カマドの火の具合を確かめた。いつの間にか、つき手は猛に変わり、取り手はなんと、下原のおばあちゃんだった。昔、さんざんやっていた餅つきの思い出が甦り、ついでに腕前も甦ったと見える。

つきたての餅は、窓を開け放して上がり框に待機していた板の上に、威勢良くドン！　と置かれた。待ってましたとばかりに、美智子と、若奥さんと、西村さんの娘たちが餅とり粉を餅にまぶしながら、小さくちぎって手で丸めた。熱い、熱いと大騒ぎしながらも、それでも中にあんこを入れたあんこ餅、大豆を混ぜた豆餅など、次々に六軒分の正月の餅ができあがった。

房江が二回目の餅米の蒸し具合をチェックし、一回目と同じように臼に入れ、二回目の餅つきが始まった。

「あれ？　多田さん？」

多田さんが遠巻《とおま》きに、餅つきを見ている姿が美智子の目に止まった。

起きたばかりなのか寝癖がついたままの髪をして、目を丸くして餅つき大会に見入っていた。

「多田さん、待っちょったとよ、早よ顔ば洗ってきんしゃい、次はあんたの番やき」

房江が大きな声で言うと、

「へ、いや、おれはできんけん」

消え入りそうな声だった。

「何ば言うちょるとね～、こん長屋の男は全員餅ばつくち、決まっとうとよ」

「そうたい、大野さんの奥さんに言われたら、断れんばい。皆待っちょうき、早よ、着替えてこんね」

平川の奥さんの声に、

「あ、はい！」と返事をしたかと思うと、あたふたと家に帰り、しばらくして多田さんが戻って来た。今度は、すっかりと寝ぐせもとれ、髪の毛がきれいに櫛《くし》で梳《す》かれていた。

「はい、杵！」

平川のおじさんが、持っていた杵を渡し、多田さんが受け取った瞬間、よろよろと倒れそうになった。

「ああ〜」

皆の口からため息が漏れた。

「できるとやろか？」

誰からともなく呟いた。正吉が平川のおじさんに目配せをし、平川のおじさんが多田さんのすぐ後ろに回った。多田さんが杵を振り上げる。その途端、杵を持ったまま、多田さんが後ろによろめく。

「ヨイ……ああ〜」

ヨイショの掛け声が宙に浮き、多田さんがフラフラと、右へ左へ夢遊病者のようによろめく。

それでも多田さんは諦めない。また、杵を振り上げる。

「ヨ、ヨ、ヨイ……あああ〜」

何度か繰り返したあと、多田さんはやっとコツがつかめてきたのか、ようやく杵を振り下ろした。

「ヨイショー！」

初めて餅に到達したのが余程嬉しかったのか、多田さんは子供のように嬉しそうに笑った。杵の持ち手の棒と大して変わらない、今にも折れそうな細い腕で、それでもかなりの回数頑張った。皆は手が痛くなるほど拍手をした。結局、総計五回餅つきをし、使った餅米は三升《しょう》が五回分、一斗《と》五升にもなった。

最後のころには、近くの長屋の男たちも手伝い、一大イベントになってしまった。手伝ってくれた男たちに、房江が餅を上げようとしたが誰も受け取らなかった。

「こげん皆にばらまいとったら、のうなってしもうけん。餅ば、つかせてもろうただけで満足ですたい」

房江は無理やりにできたての餅を男たちに持たせた。こうして、冬の日曜日の餅つき大会は、大成功を収めたのである。久しぶりに炭住街は活気に満ち溢れ、正比例するように、次の日から男たちの腰も膏薬《こうやく》で溢れた。

炭住の人たちは、先行きの見通しのつかないまま年の瀬を迎えようとしていた。それでも、餅つき大会の余韻《よいん》は、長屋の住人たちにゆとりと希望を与えたようだった。

あれ以来、多田さんは、長屋の住人たちとの間にあった垣根のようなものを取り外し、にこやかになった。ため息の数も確実に少なくなっていった。

年の瀬の豆炭配給

その年の瀬も押し詰まった一二月二四日、年の最後の豆炭の配給があった。練炭を小さく丸状にした豆炭は、二カ月ごとに無料で各家庭に配給された。

豆炭が入った紙袋を満載したオート三輪がやって来ると、どの家庭も戸を閉め切って、オート三輪がやって来るのを待った。エンジンが止まった音を合図に、各家から奥さんたちが出て来る。といっても、房江と、西村さんの奥さんと、平川さんの奥さんの三人だけだ。

三人とも頭には手ぬぐいで姉《あね》さん被《かぶ》りをし、口にはマスクをし、完全防護でオート三輪のところまで、豆炭を取りに行く。

荷台では、運搬係の男の人が大きな紙袋を数えながら下で待っている人に渡すのだが、このとき、粉炭が舞い上がり、そこいら中が真っ黒な粉炭を被るのだ。かなり大きな袋なのだが、何回も運んで慣れている三人はいずれも力持ちで、その紙袋を自宅の玄関先にひとまず置いておく。そのあと、あとの三軒分の豆炭袋をもらい受け、各家の前まで運んであげるのが、いつものことだった。

「えーと、この袋は下原さん方やねー」

「こっちは、多田さん方たい」

賑やかに仕分け作業をしていたときだった。

「すみまっせん、ウチ運びますけん」

そう言いながら、若奥さんが、同じように手ぬぐいで姉さん被りをしながら、家から出て来た。

「若奥さん、なんば言うちょっとね～。こげな重たいもん持ちよったら、ややこに響くばい。ウチたちが運んでやるき、そこで待っちょりんしゃい」

房江がそう言うと、

「そうそう、待っちょりんしゃい」

あとの二人も、口々に言いながら、若夫婦の家の前に、下原さんの家の前に、多田さんの家の前に、三袋ずつ静かに置いた。

大変なのはそのあとだ。各家の豆炭の収納箱は台所の片隅に造り付けで設置してあった。畳半畳より幾分小さめのその箱の上部は厚めの何枚かの板が蓋代わりで、蓋をしているときは物置き台として使用していた。豆炭を入れるときは、置いてあるものをどかし、板を外さなければならなかった。

その箱の下部には、まるで猫ドアのように、二〇センチ四方くらいの取り出し窓があり、上下に戸を開閉しては、什能《じゅうのう》で、そのつど使う豆炭を取り出していたのだ。

どんなに静かに袋から豆炭を流し入れても、部屋中に舞い上がった粉炭は、至るところを真っ黒にした。もちろん顔も真っ黒になった。鼻の孔《あな》までだ。雑巾《ぞうきん》で拭くたびに、その雑巾も真っ黒になり、何度も何度もバケツの水を取り換えた。かなりの重労働だった。

それを、この三人は働き手のいない家の分もいとわずやっていた。この長屋だけだったのか、どの長屋でもそうだったのかはわからない。しかし、大なり小なり、炭坑の住人たちは助け合うことが当たり前の生活をしていたのだ。

醤油の貸し借りから、幼い子供の面倒まで、長屋全体がひとつの共同体として生活していた。老夫婦だけの下原さんの家にも、妊婦の若夫婦の家にも、三人で豆炭を運び、箱に入れるところまで手を貸した。多田さんはとりあえず男だったので、玄関の前に袋を置いておくところまで手を貸した。

美智子が学校から帰ったときは、豆炭はもう配給されたあとだった。終業式でいつもより早く帰れるので、豆炭配給を手伝おうと意気込んで帰ってきたのだが、たった三人で終わったと聞き、ほっとするやら、がっかりするやら……。

長屋に挟まれた道路は、舞い降りた粉炭がまだ残っていて、ところどころに黒いスジが残っていた。多分豆炭が入った袋を引き摺《ず》ったあとだろう。家に入ると、流しで房江が顔を洗っていた。

屈んで顔を洗う房江の耳の後ろからも、襟足の髪の毛の生え際部分からも、黒い液体が伝って流れた跡があった。髪についた粉炭が汗と一緒になって流れ落ちたのだろう。

「もう終わったとね、早かったねー」

美智子が、房江の背中に話しかけると、

「ああ、何かしらんばってん、早よ終わったとよ」

そう言うと、水が余程冷たかったのか、房江がぶるっと身震いした。

「ここも汚れとる」

母の首から肩にかけて黒い粉炭がまだ残っている部分を指で押さえると、「ここね〜」と言いながら、タオルで懸命に拭こうとしたが、なかなかうまくいかず、

「ちょっと貸しちゃらんね」

美智子が濡らしたタオルで拭くと、やっと粉炭がとれた。

「今日は早めに風呂ば行って、ごしごし洗わんと落ちんかもしれん」

半分諦めがちに房江が言うのを聞きながら、

「こげん汚れるとはわかっとうとに、どげんして豆炭入れを外につくらんかったとやろか?」

美智子が思わず母に聞いた。タオルで首筋をごしごし拭きながら、

「盗られんごとするためたい」

当たり前のようにそう言った房江に、

「誰が盗ると？　そげん悪か人は、ここらにはおらんよ」

美智子の口調が少し挑戦的になった。

「そげなことはわかっとうよ。ま、ゆっくり、お茶でも飲まんね」

房江は、寒か～、と身震いして、台所の土間にある七輪に手をかざした。七輪の上に置いたヤカンのお湯が、カンカンと音をたてて沸《わ》き立っていた。美智子と房江は、七輪の前でしゃがみこんだまま、冷えきった体に熱いお茶を流し込んだ。

房江の話は、好奇心旺盛な美智子の疑問に充分に応えてくれた。

炭住がつくられ始めた当時は、とにかく誰でもいいから、炭坑夫として雇ったらしい。食い詰めた職のない者を、ろくに身元調査もせずに、どんどん雇い入れた結果、とんでもない経歴を持った者たちまでが働くことになり、炭坑は柄《がら》が悪い人たちの集まりだと世間で思われるようになった。

しかし、美智子が育った炭坑は、比較的恵まれていた。というのもこの炭坑の創立者が、かなりの人格者であったからだ。炭坑従事者の子弟には、まず教育を！　という考えで、私財を投げ打って、明治時代の中期に私立の小学校を建てた。教育に関しては、お金を厭《いと》わなかったという。

美智子が通っている小学校が、全国的にも学力が劣ってないのは、その創立者の考えが綿々《めんめん》と受け継がれているからだ。そんな創立者のもとに開山したこの炭坑は、労働条件も他と比べると、かなり良心的だった。

しかし、どの炭坑でもそうだったとは言いきれず、劣悪な条件で炭坑夫をこき使っている炭坑も確かにあった。その差が歴然と現れているのがこの豆炭だと房江は言った。

「ウチたちの炭坑で配給されるこの豆炭は、そげん煙も出らんし、匂いも少ないやろうも。ばってん、豆炭とは名ばっかりで、酷い物を使わされとるところもあったとよ」

着火したときに喉が痛くなるほどの強烈な匂いのするものや、もうもうと煙の出る品質の悪いものが配給された当時の他の炭坑の人たちは、美智子たちのこの炭坑の質の良い豆炭を、夜盗みに来たらしいのだ。

「炭坑にもピンからキリまであると！　父さんがあっちこっちの炭坑ばよう調べてくれよったき、こげん恵まれとうところで暮らしてこれたとよ」

母さんは物知りだと、驚いている美智子に、

「婦人会で炭坑の歴史ち、講義があったとよ。そんときい会長やったから、出らん訳にいかんめえも！」

美智子に褒《ほ》められ、まんざらでもない房江は少し顔を曇らせ、

「ばってん、この炭坑もいつかは消えるとよね。そげんなったら、良か炭坑も、悪か炭坑もなか、ぜーんぶ歴史のなかに、一緒くたになって埋もれてしもうとよ」と、淋しそうに言った。

「ウチが通うとる学校は残るとやろか？」

「そげなことはわからん。ここでずっと暮らすことになるとか、どっかよそへ引っ越すとか、それすらわかっとらんけん。ばってん、日本中、どこに引っ越したち心配せんでもよか、ここいらの学校は、小学校も、中学校も、日本中のどこんでん負けんくらいの教育をしとるち、校長先生が言うとらしたけん」

房江の言葉から察するに、多分炭坑はなくなるのだと美智子は思った。もし、炭坑はのうなっても、この地で、毎朝ボタ山を見て起き、ボタ山を見て眠りにつく、そげん毎日を残すことはできんとかな～。

叶わん願いやち、わかっとうばってん……。

「なん、ボケーッとしとうとね。早よ、拭き掃除ばせんな」

房江の一言で、美智子と房江の拭き掃除に拍車がかかった。家中を拭いた雑巾を洗うたびに、バケツの中の水が真っ黒になった。

長屋の結束

年が明けた。先行きの見通しのつかない年から、更に出口が見えない年へのバトンタッチではあったが、それでもこの小さな炭坑町にも正月はやってきた。

一家四人で迎える正月は初めてだった。炬燵の食台には、紅白の蒲鉾や、ふっくらと煮上がった黒豆が入ったおせち料理の三段重が並び、鶏肉《とりにく》やシイタケ、白菜がふんだんに入ったお雑煮《ぞうに》のお椀、こってりと煮詰めて味がしみ込んだ筑前煮《ちくぜんに》が、いつもの年と変わらなく並べられた。

「こげん豪華でよかとか?」

正吉は毎年と変わらぬおせち料理に感激しながらも、ちびちびと盃《さかずき》を口に運んだ。テレビの上に置いてある供《そな》え餅を見ながら、

「今年は、この長屋のどこん家でん、同じ供え餅ば置いとうとやね!」

何度同じ言葉を口にしたろうか? 皆で餅つきをしたのがよっぽど嬉しかったに違いない。

炭坑の男たちは総じて無口な男が多い。三交代で、一年中馬車馬のように働いて、不規則な

時間帯に体を合わそうとすると、仕事以外の時間は体を休めるのが精一杯。仕事の過酷さは、今も昔も同じだ。ご近所さんとの行事などは奥さん任せだ。そんななかで長屋中がひとつにまとまったあの日の餅つき大会は、男たちにとっても有意義な一日だったのだ。

「そげんいうたら、正月に父さんと一緒におせち食べとるのは、初めてやなかね」

　美智子がそう言うと、

「ああ、そうやね。考えたら初めてばい」と猛が言い、

「馬車馬ち言われた父さんも、今年で廃止ばい。これからは、正月くらいはこげんして家族仲良うおせちを食べられるごとなりよる！」

　房江が一番嬉しそうな顔をした。

　正吉は毎年、お正月から仕事をした。さすがの炭鉱マンたちも、正月くらいあの穴ん中には入りとうなか！　と、殆どの男が仕事に行くのをいやがったが、正吉は何の不平も言わず、淡々と正月からあの暗い穴の中へ入っていった。人一倍、真っ暗な穴を嫌っていたはずなのに……。

「なんも、正月から石炭掘らんでもよかろうも。金になるからちゆうて、そげん、金がほしかとかねー」

　周囲の人たちの心ない中傷《ちゅうしょう》が、正吉の耳に届いていたかどうかはわからない。けれど、正吉には正吉なりの理由があったのだ。もし、恐怖を克服する心に隙間ができてしまったら、二

度と恐怖に打ち勝てない不安を抱えていたのを、房江だけはわかっていたようだ。

「父さん、いっくら行きとうても、坑口は閉まっとうき、もう諦めんしゃい！」

房江がそう言うと、正吉はうんと子供みたいに頷いた。

「そげん言うたら、下原のじいちゃんとばあちゃんの家に、おせちば持って行ったとか？　お前、この間、ゴボウば柔らこうなるまで、煮とったろが……」

突然、正吉がそう言い出し、美智子も猛も房江も唖然として、正吉の顔を穴のあくほど見つめた。

「な、なんな！　そん、お前たちの顔は！」

三人の家族にじっと見つめられ、照れくさかったのか、

「まだ持って行っとらんとやったら、ちーとは残しちょかんなち、思っただけたい」

吐き捨てるように正吉は言ったが、その言葉は温かだった。

「母さん、父さんは毎年気がついとったんやろか？」

台所で食器を洗いながら美智子が言うと、

「何をね？　ああ、下原さんのじいちゃん、ばあちゃんに持っていくおせちのことね？」

「うん！　あげな優しいこと言うたんは初めてやなかね？」

「そうたいね〜。去年の餅つきんときから、だいぶ父さんも変わりんしゃったもんね〜」

そう言えば、正吉だけではない、この長屋の男たちは気のせいか皆にこやかになったような

気がしていたのは、ただの気のせいだけではないのかもしれない。

「父さん、母さん、美智子、ちょこっと座ってくれんね」

猛がそう言いながら六畳の間から、何やら箱を抱えて出て来た。割烹着の前の部分で手を拭きながら、ついでに美智子も横から手を伸ばして拭きながら、正吉と猛が座って待っている炬燵に入ると、

「これ、父さんに、これは母さんに」

そう言って猛が二つの箱を食台の上に並べた。

「な、なんね？　これ？」

正吉と房江のポカンとした顔を見ながら、

「贈り物たい！　あ、今はお正月やき、お年賀たい！」

「お年賀？　どげんして？　あんたが？」

二人の顔はますます鳩《はと》が豆鉄砲《まめでっぽう》くらったまま凝固《ぎょうこ》してしまった。

「俺が初めてアルバイトしてもろうたお金でこうたとよ、何も心配せんでよかとよ」

猛の言葉が余りにも唐突だったせいか、しばらく正吉も房江も言葉もなく猛の顔をしげしげと眺めていた。

「アルバイトち言うたち、あんた、いつしたとね」

やっと房江の口が動いた。

「毎週日曜日たい！」

「えっ？　あんた、クラブ活動があるち言うとったでしょうが……」

「ごめんごめん、悪かったばってん、嘘言うて出とったとよ」

猛は、北九州の門司《もじ》港で、荷物を運ぶバイトをしていた。寄港した貨物船からの荷物を肩に担いで、板一枚を歩いて渡り、岸壁《がんぺき》に荷物を並べ置く危険な仕事だ。

「あげな危なか仕事ばしとったんね？」

「最初は恐ろしかばってんが、慣れよったらどげんもなかよ」

いとも簡単に猛が言うので、

「猛、もしあんたの身に何かあったらどげんするとね、もし海に落ちよったら大事になりよったばい」

房江はもう半分涙声だ。

「ああ、いっぺんだけ、落ちたと！」

「な、なんね？　落ちた？」

涙声が、ひっくり返って裏声になり、声だけではなく、その体もひっくり返りそうになりながら、

「な、な、なんちゆうことを……」

「もうよか！　房江、猛ももう男たい、来年は一八になるとぞ！　いつまでん子供やなか！」

おろおろうろたえる房江とは対照的に、男同士の連帯感からか、正吉は殊《こと》の外《ほか》冷静だった。

「ばってん、おまえみたいな高校生がよう雇うてもろたね～」

「毎年年末になると、荷物運びの人たちがお国に帰りんしゃーとよ。俺が高校生ち知っとっても、知らんふりして雇うてくれよるき」

正吉は酒が入った上気《じょうき》した顔で猛と話していたが、その赤みがかった頬っぺたが時々緩んでいたのは、酒のせいばかりではなかったはずだ。

「そげんことは、どうでもよかけん、早よ、包みば開けんね！」

猛に促され、正吉と房江が包みをほどきに取りかかると、包みの中から現れたのは、正吉用のチャコールグレーの襟巻《えりまき》、房江には黒の皮の手袋だった。

「よかろうも！」

満面に笑みを湛えて猛がそう言うと、

「こげな高いもん、もったいなか、どげん高かったやろに……」

また涙声になった房江がそう言うと、

「母さん、嬉しいとね？　嬉しかなかとね？」

猛は半分笑いながら房江の顔を覗き込んだ。

「嬉しいに決まっとうでっしょうが……。ばってんウチにはなんかもったいなか」

何度も何度も房江はそう言った。正吉はさっそく襟巻を首に巻き、房江は手袋を手にはめた。

その様子を眺めながら、美智子は食台に両肘をついたままの姿勢で猛の次の言葉を待った。

「美智子、お前にはな……」

その言葉を待ちかねていた。

「に、兄ちゃん！」

待ちかねた美智子が自分の胸に人さし指を押し付け、満面の笑顔を猛に向けると、

「あ、美智子のは夜やるき、待っちょき！」

「どげんしてウチだけ夜ね？」

「夜になったらわかるき」

父がマフラーで、母が皮手袋。そしたらウチはコートかもしれん……。

美智子が持っているのは学校で定められた制服用の黒色で、フエルト生地の何の飾りもない厚ぼったいコートだった。

いや、夜になったほうがいいち言うんやったら、ウチが前からほしがっとった、電気スタンドかもしれん。傘の色は何色やろか？　それとも花柄かなんかの柄物やろか？　期待は膨《ふく》らむばかりで、夜になるまで落ち着かなかった。

「美智子、楽しみやね〜」

「うん、兄ちゃんはウチに何をくれよるとやろか？」

何回、この会話を房江としたことだろうか？　その猛は「ちょっと出てくる」と言って、お

昼過ぎに家を出た。その間に猛の机の周りをそれとなく調べたが、箱らしき物はなく、

「ああ、きっと友達に預けとんしゃ〜、とに違いなか、さっき家から出て行ったとは、多分取りに行きんしゃったとばい」

勝手に思い込んだ美智子は何度となく外を見てみた。その一回目に外の様子を見ていたとき、多田さんが若夫婦の家から出て来るのが目に入った。

「すんまっせん。正月早々、御馳走《ごちそう》になってからに……」

玄関の前で深々と頭を下げながら自分の家に戻って行った。ふーん！　そうか！　多田さんは一人やから正月のおせちは食べられんと思うとったけど……。よかった！　よかったね〜多田さん！

美智子は一人にんまりとし、胸の中で、そっと多田さんに話しかけていた。その多田さんをまた外で見かけたのは、もう夕暮れどきで、そろそろ家の灯りがともるころだった。長屋の前の道路を、のそりのそりと歩いていた。どこに行くんだろう？　相変わらずゆったりと、両手を大きく前後に振って歩く姿は何だか仙人を思わせた。

「多田さん」

美智子が声をかけると、

「ああ、美智子ちゃん、明けましておめでとうございます」

そう言いながら深々と頭を下げたので、

「あけましておめでとうございます」

美智子も同じように深々と頭を下げながら、

「多田さん、どこ行くと？」と聞いてみた。

「ああ、平川さんの家です」

「へ？」

朝は確か若夫婦の家から出て来たはずだ。

「多田さん、昼は若夫婦の家から出てきんしゃらんやった？」

そう聞くと、

「はい、若夫婦の家で昼のおせちを、平田さんの家では夜のおせちを御馳走になるとです」

子供の美智子にも丁寧な言葉で挨拶をし、また深々と頭を下げ、のっそりのっそりと平田さんの家に向かって行った。夕飯のときそのことを房江に言うと、

「ああ、そう決めたとよ」

「決めたち？　皆で決めたとね？」

「ウチん方と、西村さん方は、下原さんのじいちゃん、ばあちゃんに、おせちを届けちゃる。そん代わり、若夫婦と平川さん方は、多田さんにおせちば食べさしちゃる言うことになったとよ」

「は〜」

去年はそんなことはなかったはずだ。あの餅つき大会以来、この長屋の連帯感がより一層増して来たようで、美智子は胸を熱くしていたが、そんなことより美智子にとって一番気がかりなのは、猛がくれる贈り物だけだった。

やっとそのときがやってきた。夕飯が終わり後片付けも済んだころ、
テレビを見ていた猛にそう美智子が言うと、

「兄ちゃん、もうよかろうも。もう夜になったばい」

「ああ、そうやった、ちょっと待っちょき」

そう言って猛は隣の部屋から何やら小さな包みを持ってきた。コートじゃなかごとある、ばってん電気スタンドにしては小さ過ぎるし……。

一人勝手に思いを巡らす美智子に、

「はい」

そう言って猛が手渡した包みを開けると中から出て来たのは、いくつかの単語カードだった。

「な、なんね……。こ、これ……」

コートでもマフラーでも手袋でも電気スタンドでもなかった。表紙が布製のいくつかの単語カードだった。

「なんねはなかろうも、よう中身ば見らんね！」

中を開くと、英語の単語だけではなく、世界の首都、アイウエオ順の同音漢字、日本史・世

界史の年号など気が遠くなるほどの種類が色別に分けて綴《と》じてあった。しかも全部裏表に手書きで記入済みだった。

「これ兄ちゃんが書いたと?」

「ああ、俺が使うとったもんやけん」

「お古ね?」

「よう見らんね! 表紙は新しかろうも。しかも、英語のカードの表紙は光っとる」

「夜になったらわかるちいうのは、こげんことやったとね?」

「きれいやろうも」

「……」

「このカード全部覚えきったら、お前の一番ほしいもん、何でもこうちゃるき、頑張らんね。おまえ、家でぜんぜん勉強せんきね」

猛がそう言うと、正吉も房江も、にんまり笑った。しかし期待外れのこのカードですぐに勉強する気にはさらさらなれない美智子は、新学期から始めるという約束だけはした。

正月の二日目、親子そろって初詣に出かけた。山ん神の長い階段を正吉が一番先頭を登り、次に房江と美智子、一番下を猛が登った。正吉の背中を見ながらこの階段を登るのは初めてだった。房江と猛と一緒に登るのもだ。

どういう風の吹きまわしか、突然、「山ん神へ初詣に行こう!」と言い出したのは正吉だった。正吉はもらったばかりの襟巻を首に巻き、房江ももらったばかりの皮の手袋をはめていた。

階段を登りきると急に冷たい風が下から吹き上げた。

「やっぱり、冬の山ん神は寒かね～」

正吉がそう言いながら首の襟巻をギュッと結び直した。

参道に続く道の途中にあるお清め場は、どこから水が注がれているのかわからなかったが、とにかくいつもと違い水を満々と湛えていた。

上部がハスの花の形をした直径一メートルほどの水鉢には、かつて見たこともない水が溢れるほど入っていて、とんがった花びらの先は下向きにつくられ、そこから水が滴り落ちていた。

美智子たち四人のほかに、二家族くらいしか参拝者はいなかった。先にお清め場で、手や口内を清めている家族を見ながら、美智子は何となく気が重かった。

柄杓《ひしゃく》でその水を受け、手や口内をきれいにし、その水は下に落ち、水が落ちる場所は深い皿状になっていた。そこは小さいころ、散々遊んだ場所だった。尖《とん》がった花びらの先にぶら下がり、何度足先を、その花びらの先に掛けて遊んだことか！

ああ、その花びらの先から清め水が流れ落ちていく！

「兄ちゃん、清めるのは手だけにしとき！」

「どげんして？」

「夏になると、あの花の鉢ん中で、よう青虫が死んどった」

「そげんね！」

猛はそう答えると正吉と房江にそっと耳打ちした。二人とも黙って頷き、手を洗うとそそくさとその場を離れ、四人とも祠に向かって参道を歩いて行った。

ああ、正月早々、山ん神の前で嘘をついてしもうた。しかし、本当のことを言うと、父も母も怒り出すに違いない。正月は平和でなければならないのだ！　と美智子は勝手な解釈をした。

「何ばお願いしたと？」

母が皆に聞いた。

「炭鉱が閉山になる前に仕事が見つかりますようにち、ねごうた」

正吉が答えると、

「ウチは大阪の子供たちと、ここにおる皆の健康と、父さんが事故にあわんごと、ねごうたばい！」

房江がそう言ったあと、ああという顔をして、

「俺の番？　俺はやっぱり就職がうまく行きますようにち言うことやね〜」

猛がそう言ったあとは、当然のように正吉と房江と猛の視線が美智子に注がれ、

「ウ、ウチ？　ウチは言われん！　初詣の願いごとは、他人にしゃべったら叶わんち、学校の先生が言いよらしたもん」

「他人やなかろうも、家族やろうも」

猛の言葉に、

「家族でも言えんものは言えん」

そう反発しながらも、言える内容がなかけん、言いようがなか！　と胸の中で呟いていた。願いごとなどしていない。ひたすら謝っていた。花びらの先に足を掛けて遊んだこと。それを隠して青虫のせいにしたこと。

「ここも昔は全国から香具師《てきや》たちがいっぱい来とったなー」

「もうそげん姿を見ることもなかやろねー」

正吉と房江は一〇年ほど前を思い出していた。美智子もおぼろげながら覚えていた。一番印象深かったのは、書道の大道芸人だった。

幅が一〇センチほどもあろうかという大きな筆で、あっという間に一筆《ひとふで》で蛇の絵を書いていた。筆を持った指先に入れた力を、グッグッと抜いたり入れたりすることで、見事に蛇の腹が描かれるのだ。

りんご飴よりも、はっか笛よりも、美智子の心を捕《とら》えて放さなかった。

「このおじちゃんは、香具師なんかではない。絶対に魔法使いだ！」

そう信じていた。そのおじちゃんがいた、参道に沿った砂利石の場所を見ながら、美智子もまた、正吉や房江と同じことを思っていた。

炭坑がのうなったら、この山ん神も潰されるとやろか？　ばってん、神社は勝手に潰されん、勝手に引っ越しをすることもできん。そう本に書いてあったき……。

正吉や房江にそう言いたかったが、何故か言えないまま、四人で山ん神をあとにした。

櫛の歯の抜けるが如く

三学期が始まった。猛との約束どおり、新学期の夜から猛とのマンツーマンの勉強タイムが始まった。布団に入ってからの一五分くらいがその時間だったが、一〇分くらいが関の山で、先に寝入ってしまうのは、いつも美智子のほうだった。猛が質問をする。

「ノルウェーの首都は?」

美智子が答えようとするが首都名が出てこない。

「乗ったら!」

「押す、あ、オスロ」

猛の教え方は、学校の先生よりもわかりやすく、いつの間にか美智子は知らず知らず学力を身につけていった。

二月の中ごろ、この長屋からまた一軒の家が出て行くことになった。

正確には一軒ではなく一人だが、多田さんだ。せっかく仲良くなったと思ったのも束《つか》の間《ま》、三月の終わりには、この炭坑から東京に引っ越すことになったのだ。

この日は節分だった。

「実は、嫁に子供ができたちわかったとです。向こうで一緒に暮らしてはどうかち、向こうの父親に言われまして……。就職先も世話しちゃるき、東京で娘ともう一回家族にならんね、そう言われました」

多田さんは、いつものように淡々と話し、嬉しいのか嬉しくないのか、美智子にはさっぱりわからなかった。

「多田さんにとっちゃ良かったかもしれん」

「そうやね〜。あん細か体やったら、どっちみち炭坑夫は勤まらんかったばい」

「ああ、もういつ事故にあうかち、冷や冷やさせられよったき、何か知らんばってん、ほっとしたごたある」

「ばってん、どげんして、多田さんみたいな、頼りなか人が炭坑なんち、きつい仕事ば選びんしゃったとかね〜」

長屋の道路で、母たちが屈託《くったく》なくしゃべる声を聞きながら、それもそうだと思った。多田さんには、この炭坑の仕事は似合わない！　体力的に無理だということだけではない。多田さんの持っているあのおおらかで少しお人好しな性格は、この炭坑の中では削られていくような気がした。

「炭坑の器と、多田さんの器は種類が違うき」

猛が言った言葉が一番当てはまっていた。

多田さんの見送りには、結局、下原のおじいちゃん、おばあちゃん以外の四家族が全員やってきた。学校が春休みだったこともあり、美智子も、兄も、西村姉妹も入れると、総勢一一人もの大人数になってしまった。ディーゼル機関車がもうすぐ発車しようとする直前、美智子は思い切って聞いてみた。

「多田さん、聞いてよか？」

「はい」

「多田さんは、どげんしてこの炭坑夫ちいうきつか仕事ば選びんしゃったと？　ほかになかったと？」

多田さんは少し間をおいて、

「ほかにあったとです。そんなかから、自分に一番似合わん仕事が……。それが炭坑夫だったとです。絶対無理や言われて、なんか余計にやっちゃろう思うて選んだばってんが……」

その先を多田さんがどう言うか、皆が待っていた。

「どうでもよかことでした。ただ、皆さんと知り合いになれたことが、一番の収穫やったと思うちょります」

多田さんは潤んだ瞳で、細い腕がちぎれるほど手を振りながら、

「ありがとう、ありがとう」と窓から体を乗り出したまま、小さくなって見えなくなった。

「どうでもよかことでした」

多田さんの言った言葉が、皆の胸に刻まれた。誰がどういう理由で、この炭坑に来ようと、そんなことはどうでもいいのだ。ここにいる皆が家族のように助け合って生きていることが大事なんだと、最後に多田さんに教えられた気がした。

いつかはこの長屋の人たちもばらばらになっていくだろう。それでもともに生き、ともに助け合ったことはひとり一人の胸にしっかり残っていく。

誰かと一緒に生きるとはそういうことなのだ。

多田さんがいなくなり五軒になった。猛は、高校三年生になり、美智子は中学生になった。相変わらず小さいままで、どう見ても小学校五年生くらいにしか見えなかった。

閉山になるという話も、いやいや、第二会社が発足するという話も、まだまだ具体的な策は見つからず、心配を抱えたまま新しい年度へと季節は動いて行った。

猛の通っていた学校は工業系だったせいもあってか、他の学校より就職率は抜群に良かった。一学期の終わりころには、大体の生徒の就職先が内定していた。そんななか、どうした訳か猛だけがなかなか就職先が決まらなかった。

「成績はクラスでも上くらいやのにね〜」

房江は猛のいないところで、首を傾げながら呟いていた。家族というひいき目を抜きにしても、面談で猛が落とされるということは考えられなかった。しゃべり方もはっきりしていて、いわば好青年の部類に入るはずだ。何しろ三年間、無遅刻、無欠席である。美智子には逆立ちしても到底できないことであった。そのうえ、生徒会でも活躍している。

「どげんしてウチの子だけが……」

母がそう言うたび、父は黙りこんだ。

「俺のせいかもしれん」

あるとき、ぽつりと正吉が漏らした言葉を、房江は聞きもらさなかったが、わざと聞こえないふりをした。

美智子が通う中学校は、小学校と運動場を挟んで建っていたので、通学路はまったく変わらなかった。通学路の殆どを占める五軒長屋は美智子の住んでいる長屋と同じように、どこでも空いた部屋が目立った。

ぼろぼろと歯が抜けたような長屋の中で、相変わらず老犬と暮らす老夫婦は健在で、毎朝愛犬のお腹をさすっては、放尿の手伝いをしていた。その姿は献身的で、いかにこの犬を家族のように可愛がっていたかを物語っていた。

季節は夏を迎えようとしていた。もうすぐ夏休みになろうかという、ある朝のことだった。いつものように老夫婦の家の前を通りかかると何だか様子がおかしい。定番の如く、溝でチロを抱き抱えて、お腹をさすっているおばあちゃんの姿が見当たらないのだ。家の中からは、おじいちゃんとおばあちゃんの啜《すす》り泣く声がしていた。

まさか！　立ち止まって家の中を覗《うかが》った。玄関の上り口に顔を埋めて、おばあちゃんが泣いていた。その横には動かなくなったチロが、そのチロの傍らでは、おじいちゃんがしゃがみこんで泣いていた。

ああ、とうとう来るべきときが来てしまった。なるべくなら、この瞬間に立ち会うことなく、時が過ぎてくれればいいと思っていた。思わず家の中に入った美智子は、おばあちゃんの背中をさすっていた。そして一緒に泣いた。一緒に泣くことしか、今の美智子にはできないからだ。

涙を流した量が増えたところで、悲しみが薄らぐはずはないのだが……。

「美智子ちゃん、もういいから……。学校に遅れるけん、もう行きんしゃい！」

おじいちゃんの言葉に従い、学校に行ってはみたものの、授業も身に入らなかった。おばあちゃんの丸い背中が小刻みに震えていたあの光景が、美智子の角膜《かくまく》に焼き付いて一日中消えることはなかった。

学校が終わると早速、おじいちゃんとおばあちゃんの家を訪ねた。

小さな木の箱が、白い布を掛けたテーブルの上に置かれ、その前には線香立てが、そして水の入った小さな皿が置かれていた。

「ウチも線香あげてもよかですか？」

美智子の声に振り向いたおじいちゃんもおばあちゃんもすっかり元気がなくなり、よっぽど泣きはらしたのか、二人とも瞼《まぶた》が腫れ上がっていた。

「美智子ちゃん、どげんしたらよかとやろか、人間とちごうて動物は火葬にはしてくれん。墓地も、人間のはあっても犬のはなかち、皆は言いよんしゃる。冬やったら何日でん、置いておかれるけど、夏やき、すぐ腐り始めるばい！　ウチん方は裏に庭もないき、隣の奥さんが、どっか山ん中に捨ててきちゃるち、言いんしゃるけんど、そげなことはようしきらん。息子同然に可愛がって育てたとに、死んだからち言うて、ゴミみたいに捨てられん」

泣き崩れるおばあちゃんの背中をさすりながら、美智子は懸命に考えた。何か良い方法はなかとやろか……。

「兄ちゃん、なんかいい方法はなかね」

猛が学校から帰って来るのを待ちかねて聞いてみた。

「俺に聞いたっちゃ、何もわからんばい。あ、そうや、若主人に聞いてみない！」

「若主人に？」

「ああ、去年、餅つきばしたとき、親戚がお寺や言うちょったような気がするき……」

猛の記憶力に感謝し、さっそく若主人の家を訪ねた。

「こんばんは」

「ああ、美智子ちゃん、どげんしたと？　珍らしかねー。夜に美智子ちゃんが訪ねて来よるとは……」

若奥さんのお腹はだいぶ大きくなっていた。美智子の話を聞いた若主人は、

「任せちゃんない！　俺が何とかしてやるき、安心しなさい！」と、あの雪の晩の刃物三昧《ざんまい》の加害者とは思えぬほどの、頼りがいのある男になっていた。若奥さんが、一番嬉しそうな顔をして、若主人の横顔を見ていた。

二日経った一学期最後の日曜日、若主人がどこからか二台の自転車を調達してきた。自転車の後ろにくっついているのはリヤカー。

そのリヤカーの一台におじいちゃんを、もう一台にはおばあちゃんを乗せて、お寺まで行っちゃると約束した若主人は、約束どおり、おじいちゃんたちを迎えに来た。

若主人の親戚のお寺は、炭住街を出てから山道を二〇分くらい歩いた場所にあった。お寺の墓地の片隅で良ければ、犬を埋めても良いとのお墨付きをもらった。若主人は、もう乗りかかった船とばかりにいろいろ世話を焼いてくれた。

「大野さんとこの美智子ちゃんの頼みやったら知らん顔できんばい」

そう言った若主人と一緒に、自転車を運転するのは猛しかいなかった。いくらお年寄りとはいえ、人間ひとりを乗せたリヤカーを引いて山道を行くのは、重労働だった。それでも二人は事故もなく、無事におじいちゃんとおばあちゃんを乗せて帰って来た。へとへとになって帰ってきた猛を見て、

「ああ、やっぱりウチん方の子供たいね〜。困っちょる人を見捨てられんとよ。やっぱり大野の血を受け継いどる！」

房江はそう言って褒めちぎったが、猛はそんなことはどうでも良かった。

とにかく早く休みたいと、横になったまま泥のように眠った。そのあと、おじいちゃんとおばあちゃんは、仲良く老人ホームへ入所した。犬連れでは入れなかったその老人ホームへ、犬の位牌《いはい》を持って入所した。

老人ホーム側の特別な計らいで、おじいちゃんとおばあちゃんは別々の部屋になることもなく、一緒の部屋で仲良く暮らしていると聞いた。部屋の中では、あんなに愛されたチロが二人を見守っているのだろう。

おじいちゃんとおばあちゃんは、毎日のようにチロの位牌に語りかけ、いつまで続くかわからない三人の暮らしをゆっくりと楽しんでいるに違いない。そう思っただけで、熱くなった目頭をおさえていると、「よかったね」と猛が言い、「うん」と美智子が頷いた。

優しい光の中で……

夏休みがやって来た。去年と違い、もう子供会の係はやらなくてもよくなっていた。といっても、実状は、小さな子供たちが激減していて、子供会の行事は、殆どといってよいほど停滞していた。

中学になったら夏休みは遊び呆《ほう》けてやる！　と意気込んでいた美智子だったが、結局、秋の運動会の準備にかり出され、三日に一度くらいの割合で学校に行かざるを得なくなった。

美智子の通っている中学校の運動会は、この辺りでは地域のお祭り同様の扱いで、隣の町からも見学者が大勢押し寄せるほどの一大イベントだった。その準備も殆ど生徒自らの手で行わなければならなかった。美智子は何も考えずにクラブ活動を美術部に選んだことを後悔した。

毎年、見学者が一番の楽しみにしている仮装行列の小道具と大道具は美術部担当だったからだ。衣装づくりの手芸部とともに、小さな部室で大量の汗を流しながら、製作に打ちこんだ。毎日のように、泥絵の具を使っているせいで、匂いが自分の体に移りはしないかと、学校に行った日は、日に二回ほど共同浴場に行って体を洗った。この年の夏の暑さは例年以上に気温が上昇し、お年寄りたちには堪《こた》えた。

七月の末のことだった。待ちに待っていた若奥さんに男の子が授かった。

山ん神の麓にある町立病院は連日連夜、長屋の人たちが入れ替わり立ち替わり、赤ちゃんの顔を見に行くものだから、とうとう看護婦長を怒らせてしまい、出入り禁止になってしまった。

「こげん暑か年の夏生まれち、若奥さんも大変ばい」

「赤ん坊も大変たい」

「早よ帰ってこんかね～」

長屋の人たちは、まるで自分の子供のように、あるいは孫のように、今日か、明日かと、長屋に赤ちゃんがやって来るのを待ちわびていた。

長屋では夜九時ともなると、どこの家もテレビの音を小さくし電気は消して睡眠モードに入る。早朝の一番方の家に気を遣って、なるべく大きな音は立てないようにはしてはいたが、どんなに気を遣っても、どの家も、窓も玄関も開けっ放しでは、咳をする声さえも聞こえてしまう。

遅くまで起きている家の窓からは、テレビの青白い光が蚊帳越しにボーッと霞んで見えた。開け放した窓からは、時折風がスッと吹き抜けることはあったが、ほんの微風で扇風機なしではとても眠れたものではない。

扇風機の羽根が回るブーンという音だけが、夜のしじまを縫うように静かに流れていた。と言っても、耳障《みみざわ》りという音には程遠く、遠くの工場から聞こえてくる機械音だと思えば、決して眠れないほどの音ではなかった。

音より問題は暑さだ。あまりの暑さに、長屋の前の道路の真ん中に置いてある縁台で、誰かが涼をとっているのか、パタパタと煽《あお》る団扇《うちわ》の音が、扇風機の回る音とともに反響し合っていた。一定のリズムで聞こえてくる繰り返し音は決して不快ではない。ある種の子守唄に聞こえるから不思議だ。

もうひとつの子守唄は、扇風機の風に吹かれて、蚊帳がサラサラと流れる音だ。二つの子守唄の微かにずれるリズムに包まれ、そのうちに眠気を催してきた美智子は、いつの間にか深い眠りについていた。

どのくらい時間が経ったのだろう、ふと何かに気づいて目が覚めた。何だったか誰かだったか、それさえもわからぬまま起き上がり、何も考えず、ただ、玄関の前の通りを見ていた。白い光が、ぼんやりと道路を包んでいた。決して恐怖を感じる光ではなかった。何故だかわからず優しい気持ちでその光を見ていた。するとその光はスーと薄くなり、長屋の端の方に消えて行った。

「何やったと?」

呟きながら、また眠りに落ちた。次の日の朝、やけに騒々しい音で目が覚めた。

「何かしらん、外が煩かばってん、なんかあったと?」

蚊帳の裾をたくしを上げながら、台所にいた房江の背中に聞いた。

「大変ばい、昨日の夜中、下原のおばあちゃんが亡くなりんしゃったとよ」

昨日の夜中……。

「いつごろね？」

「詳しうはわからんばってんが、夜明け前ころやなかろうかち、じいちゃんが言いよんしゃったらしいばい」

夜明け前か……。あの光はひょっとしておばあちゃんが長屋に別れを言いに来たとやなかろうか……。

「ウチ、夜中に光ば見たと、道路ば包むようにつーと移動してから、下原のばあちゃん方の方向に消えていったと……」

「そうね、あんたに、うんにゃ、ひょっとして長屋の皆に、お別れを言いに来んしゃったとかもしれんねー」

あんた、また、夢でもみたんやろう！　そう房江に言われるかもしれないと思っていた。

「おばあちゃん、餅つきのとき、楽しそうにしとらしたもんねー。亡くなる前にもういっぺん、皆と一緒に餅つきばしなさったとよ」

房江の言葉を聞くまでもなく、あの光はおばあちゃんだったと確信した。おばあちゃんは五軒長屋に挟まれた通りで、まだ小さかった子供たちと一緒に遊んでいたのだ。

ほんの七年ほど前までは、この通りでは、一日中子供たちの歓声が聞こえていた。一〇軒全部の家が住民でぎっしり埋まっていたときのことだ。ケンケンパ！ ケンパ！ と、道路に「エンボク」と呼ばれていたチョークで引いた線に沿って、片足で進んだり、線の中に両足を開いて止まったり……。夏の夕方には「勝って嬉しい花いちも～んめ」「負けて悔しい花いちも～んめ」と、敵味方に分かれて遊ぶ子供たちが、通りいっぱいに溢れんばかりのわらべ歌を響かせていた。

手を繋いで、「あの子がほしい」と歌いながら前に歩み出ては、缶蹴りの要領で思い切り片足を上げ、「あの子じゃわからん」という敵の歌声に合わせて今度は後に下がる。「〇〇ちゃんがほしい」と両方から指名された子供が前に出てじゃんけんをする。負けた子供は敵の一員にさせられる。

賑やかな歌い声が通りいっぱいに溢れ、母親たちは台所の窓を開け、夕飯の支度をしながら自然と子供たちを見守っていた。そんな単純な遊びでも自分の子供が指名されると妙に嬉しかった。そんな子供たちを、玄関の前の縁台に座り、細い眼を更に細くして人一番嬉しそうに見守っていたのはおばあちゃんだった。

夕飯が終わったあとの一番の楽しみは花火だ。父親たちはテレビのある家に集まりプロレス番組に興じ、母親たちは、通りではじける花火を眺めながら食器を洗っている。通りの真ん中にある大きな共同の水屋にはスイカが丸ごと一個冷やされていて、子供たちも親たちも冷えたスイカを楽しみに待っていた、そのスイカの切り分け当番はいつもおばあちゃんだった。おばあちゃんが切り分けたスイカは、サイズが均等で足りなくなることもなく公平に切り分けられた。スイカを買った家の母親がまな板と包丁を持って通りに出ると、子供たちはワーッと一斉におばあちゃんのもとに走り寄った。おばあちゃんの出番だからだ。

一通り子供たちにスイカが渡ると、おばあちゃんは残ったスイカをお盆に乗せ、父親たちがテレビを見ていた家に運んで配った。

小春日和の光が降り注ぐ冬の暖かい日には、縁台に座ったおばあちゃんの周りに女の子たちが集まり、わらべ歌にのせてお手玉をしていた。

一列ランパン、破裂して～日露《にちろ》戦争はじまった～♪

早速逃げるはロシアの兵～死んでも尽くすは日本の兵～♪

五万の兵を引き連れて～六人残して皆殺し～♪

七月八日の戦いで～ハルピンまでも責め寄って～♪

クロバトキンの首をとり～東郷元帥《とうごうげんすい》バンバンザ～イ♪

おばあちゃんは高齢とは思えない元気な歌声で、三個のお手玉を歌に合わせ器用に操っていた。女の子たちは歌詞の内容などてんでわからなかったが、それでもおばあちゃんの丁寧な教え方で、就学前の小さな子もそらで歌えるようになっていた。物騒な歌詞には似つかわしくない平和な情景だった。

おばあちゃんはこの世の最後のお別れに、思い出がいっぱい詰まった通りで、子供たちにスイカを切り与え、女の子たちにお手玉を教え、皆と餅つきを楽しんだのだろう。

下原のおばあちゃんの葬儀の日に、若奥さんが退院した。若奥さんの腕のなかで、今にも壊れてしまいそうな小さな手や小さな足で、懸命に動いている赤ちゃんを見ていると、何だか不思議な気がした。棺《ひつぎ》の中のおばあちゃんはすべてが止まっていた。ひとときもじっとしていない赤ちゃんと、なんと対照的なのだろうか。

一昨日亡くなったばかりのおばあちゃんと、それより少し前に生まれたばかりの赤ちゃんが同じ部屋にいる。消えた生と、現れた生の中間地点に自分はいるのだろうか、消えたおばあちゃんはどこへ行くのか？　現れた赤ちゃんはどこから来たのだろうか？

小さな部屋の中で、生と死がグルグル混ざり合って、どこからが始まりでどこが終わりなのか、誰にもわからないのだと思った。美智子の想像の世界の中で、チロが「ワン」と吠《ほ》えた。

棺の横ではペタンと座りこんだ下原のじいちゃんが、背を丸くして焦点《しょうてん》の合わない目をしていた。時々鼻を啜っては「ばあさん……」と呟くその姿は、人々の涙を誘った。

ふと窓の外に目をやると、氷売りのおじちゃんの引くリヤカーが静かに停車しようとしていた。おじちゃんの名前はわからない。ただ氷を売りに来るおじさんはひとりだけだったので、氷のおじちゃんという呼び名が、そのままこのおじさんの名前になってしまった。

「こんたびは、ほんなこつ、ご愁傷《しゅうしょう》さんなこって……」

聞き慣れたおじちゃんの声が玄関から聞こえた。

「すんまっせん！　暑かったでっしょう？」

玄関の近くにいた房江が立ち上がり、おじちゃんと一緒に、通りに停めてあったリヤカーに向かって行った。

房江は重ねた幾つかの鍋を持ち、おじちゃんが氷をノコギリで切り分けるのを、立ったまま静かに待っていた。ギコギコとノコギリで氷を切る音が聞こえ、その音だけが、うだるような夏の昼下がりの長屋中に響いた。おばあちゃんの棺に入れるための氷だ。

美智子は虚ろな眼をして、おじちゃんが氷を切るのを眺めていた。

氷売りのおじちゃんは夏場は毎日、冬場は週に二度ほど、この長屋にやって来る。長屋でたった一軒だけ持っている氷冷蔵庫用の氷を運んでくるのだ。

その家とは西村のおじさんの家だ。買おうと決めたのはおじさんではなく、もちろん奥さんと二人の娘たち。

「そげん贅沢はせんでよか！」

そう言って、おじさんは散々反対したけれど、結局三人に押し切られた。しかし、一番喜んだのは西村のおじさんだった。

「眼ん玉が飛び出るくらい高かったばってんが、こうてよかったばい。夏の晩酌には、氷ば入れた酒はなんとも言えんばい」

そう言って嬉しそうに目を細めていた。どんなに高かったのか美智子には想像もできなかったが、台所の土間に直接置かず、上り口の端に木の台を敷き、その上に置いてあるところをみると、相当したのだろう。

厚さが五センチほどもあろうかと思われる木でできたその箱は、高さが七〇センチくらいあり、前面に二つの扉が上下に付いていた。扉を開ける取っ手は、丈夫な金属でできた太いレバーで、開け閉めするのにかなり力が要った。

扉を開けると、中の壁はブリキでできていて、上の部屋に氷を入れ、その冷気が下の部屋に流れて食品を冷やす仕組みになっていた。西村のおじさん家の古い家具の中にあって、この氷冷蔵庫だけはいつも磨きあげられ、外国の家具のように異彩《いさい》を放っていた。

その氷冷蔵庫に入れる、大きめの四角い氷の塊が入った鍋を、西村のおばさんが自分の家に持って行く後ろ姿をボーッと見ていた。

「美智子、ほら、あんたも手伝いんしゃい」

房江に言われ、氷が入った鍋を取りに行くと、

「美智子ちゃん、ほら」と氷売りのおじちゃんが小さな氷のかけらを手渡した。

「最後に、下原のばあちゃんにあげちゃんない！」

「おじちゃん、知っちょったと？」

「うん、いっつもばあちゃんに氷ば届けよったろうも！　ばあちゃんも喉渇《かわ》いちょるやろう」

そう言ったおじさんの目は、心なしか潤《うる》んでいた。

幼なかったころ、氷のおじちゃんが長屋にやって来ると、他の長屋の子供たちまでもが一斉に駆け寄った。お目当ては、氷を切るときに零れる、氷のおこぼれだ。美智子も周りの子と同じようにしゃがみこんで氷が切れるのを、わくわくして見ていた。おじちゃんがちょっと力を抜いた隙に、俊敏《しゅんびん》な男の子はサッと両手に氷のおこぼれを受け止める。

「こら！　危なか！」

おじちゃんはそう言いながらも、氷を切るときに下に置いた鍋を、結局子供たちに渡すのだ。鍋の中には、氷の小さなカケラがたくさん入っていた。おじちゃんがおまけに入れた分も入っていた。

子供たちがさっといなくなると、おじちゃんは美智子に手招きをして、氷のカケラを二個、小さな両手掌にそっと入れた。あのとき、おじちゃんはわかっていたのだ。美智子が下原のおばあちゃんにも氷を分けていたことを……。

「母さん、おばあちゃんに最後に氷あげてもよかね？」

小さく頷いた房江がそっと棺の蓋を開けると、下原のおばあちゃんが棺の中で、氷を待っていた。

「おばあちゃん、氷ばい。おばあちゃん好きやったやろも……」

おばあちゃんの動かなくなった唇に氷をあてると、ほんの少しだけ唇が紅くなったような気がした。

「おばあちゃん、喜びよんしゃるよ」

そう言いながら、房江や西村のおばさんが長屋中から集めた氷嚢《ひょうのう》に氷を詰めて、棺の中に入れた。

「息子さんが帰って来んしゃるから、それまでは、ばあちゃんにきれいでいてもらわんと……」

西村のおばさんの言葉に、

「帰って来らるっと？　足ば骨折して入院しとるんやなかったと？」

そう美智子が聞くと、

「若主人が迎えに行きんしゃった。病院の人たちが博多駅まで送っちゃるち言うてくんしゃったき、博多駅で待ち合わせして若主人が連れて来なさる。夜には着くやろも」

そう言った房江の言葉どおり、松葉杖《まつばづえ》をついた息子さんを抱えるようにして、若主人と息子さんと二人して帰ってきたのは、陽が落ちかかったときだった。まるで空気が抜けた風船みたいに、身も心もしぼんでしまった下原のおじいちゃんは、息子さんの顔を見て安心したのか、ほんの少しだけ元気になった。

その日の夜遅く、氷売りのおじちゃんがやって来た。お店に業務用の大きな氷冷蔵庫があるからと、自分の家で使っている氷冷蔵庫を持って来てくれた。

棺の中も、西村のおじさん家の氷冷蔵庫の中も、貸してくれた氷冷蔵庫の中も、氷が満杯になったのを見て、安心して帰って行った。

葬儀が終わったあと、下原のおじいちゃんは、福岡の親戚の家に身を寄せることになり、息子さんと一緒に旅だった。

「足が治っても、もう炭坑夫はやらん」

息子さんの言葉どおりなら、もうおじいちゃんとは会えないことになる。

十軒長屋が、とうとう四軒になってしまった。

洗濯母ちゃんの家を皮切りに、多田さん、下原のおばあちゃん、おじいちゃんと、次々にその存在が消えていくなかで、若奥さんが連れてきた赤ちゃんの存在は何にも増して大きかった。

彼につけられた名前は太一《たいち》。太一が笑うだけで長屋中が優しい光に包まれた。太一はこの長屋に舞い降りてきた天使だと美智子は思った。引っ越して行く者との別れ、死に逝《い》く者との別れ、新しい命との出会い。さまざまな出会いと別れを繰り返しながら長い夏が終わろうとしていた。

不採用

夏休みの間でも続けられていた猛の就職活動は、相変わらず実を結ばずにいた。二学期が始まり、猛のクラスの就職内定者は八割にも上った。不採用の通知が届くたび、担任の教師は首を傾げるばかりだった。どうして不採用なのか会社にそれとなく尋ねても「本社の採用方針ですから」の一点張りで、どうにも埒《らち》があかなかった。

九月の終わりころ、たまりかねた房江が学校に面談を申し込み猛の高校まで出かけて行った。

「先生、どげんしてウチの息子ばっかり落ちよるとでしょうか」

「実は、私もわからないのです」

三〇代くらいの男性教師は、

「企業にも掛け合ってみました。不採用だった原因は何だったのですかと、いくら聞いても、全然理由を言うてはくれません。当社の採用基準ですからと、どこも口を揃えたように言うばかりで……」

そう説明しながら頭を捻った。思い切って房江が切り出した。

「あの子のアルバイト先が原因ですか？」

「は？」

「先生も御存じかと思いますばってんが、今主人の働き先の炭坑がえらい景気が悪うなりよりまして、時々強制的に休みばとらせられよっとです。給料もえらい減りまして、あの子は優しい子やから、アルバイトばして家にもなんぼか入れてくれよりました。ばってんそのアルバイト先が、いかんかったんかもしれんち、思うとります」

「いえ、本人からは何も聞いていませんが」

「あ、ああそうですか」

「ひょっとして、艀《はしけ》の荷物運びですか？」

「え？　どげんして知っとらすとですか？」

「実は私も大学のときに、ちょっと金が要りようでやったことがあるんです。私は三日ともちませんでした」

「そげんきつかとですか？」

「はい、時間給が高いだけのことはあります」

「はあ、そげんきつかとですか……」

「お母さん、優しい息子さんじゃないですか！　私は高校生のとき、自分のことしか考えてなかったですよ」

「……」

「もし、その件が学校側で問題になっているのだとしたら、すぐにでもご家庭に連絡が入ります」

そのあと、一分ほど会話が途絶えたが、

「父親が炭坑に勤めとるからでっしょうか？」

思い切って房江が聞いた。

「わかりません、私の口からは何とも言えないのです」

房江は、この若い担任教師に、これ以上談判することが気の毒になり、納得できないまま学校をあとにした。校門で待っていた猛と一緒に帰って来たが、その日は二人とも無口だった。

「父さんには、母さんが学校に行きよったこと、言いんしゃんな！」

「どげんして！」

房江から言われ、納得できないでいる美智子に猛が言った。

「どげんしてもよ、俺と美智子と母さんの三人だけの秘密たい」

三人の秘密……。その言葉には何ものにもかなわない甘美《かんび》な魅力があった。初めて大人扱いされた気がした。

「ウンわかった、父さんには秘密たい」

どうして秘密にしておかなければならないのか聞いてはいけないのだと何故か思った。

「俺のせいかもしれん」

いつか正吉が言った言葉と、秘密にしなければいけない現実とが繋がっていることくらいは、美智子にも容易に理解できた。正吉が思わず漏らしたその言葉は、世間の炭坑に対する言われもない偏見と差別そのものを表していた。

「炭坑太郎」という言葉がある。「タンコタレ」「タンコウモン」とも言われ、炭坑従事者に対する差別用語だった。もっともこう呼ばれていたのは戦前で、戦後はこういった差別意識は薄れていった。どうして戦前は炭坑従事者が卑《いや》しめられ隔てられていたのか、それは戦前囚人《しゅうじん》を炭坑で使役し続けたという歴史があり、人を人とも思わない過酷な労働体制があったせいだともいわれている。

太平洋戦争が激化するなか、炭坑の地下でも激しい戦いが繰り広げられた。筑豊地方には当時大小合わせて二〇〇もの炭坑があった。約一五万の炭坑従事者が二四時間体制で働き、国内の石炭量の四割を産出していた。筑豊地方の石炭は戦闘機や軍艦をつくる材料の鉄を生産するために欠かせない燃料だった。

石炭を掘ることで戦争に勝つ！　そのくらい石炭は大事であり、その石炭を掘る炭坑夫は当然の如く兵役に就かされる者は少なかった。しかし、戦局が悪化すると炭坑従事者も次々に戦地に送り込まれた。

炭鉱から大勢の男たちがいなくなった。人手不足は深刻だったが、石炭の生産を減らすことは許されなかった。そこで労働力を補うため、女性たちまでもが石炭の生産にかり出された。それでも足りない場合は、朝鮮の人たちを呼び寄せ、石炭の生産に従事させた。朝鮮の人たちも、日本人と同じような過酷な労働をさせられた。

当時の炭坑の仕事の過酷さは今とは雲泥の差であった。日本人でさえかなり劣悪な環境なのに、訳のわからないまま連れて来られた朝鮮人たちは坑内でも一番危険な仕事に従事させられ、体力回復のための休養と必要な食料が充分には与えられていなかったらしい。もっとも戦争時のこと、日本人とて満足な食事も与えられず、日本人も朝鮮人もどちらも大変な仕事だったに違いない。

現に美智子たち一家が居たこの貝山炭鉱でも、昭和一九年一月現在で七九三〇人、そのあとも二〇〇〇人ほど、計一万人ほどの朝鮮人が従事していたのだ。しかし、美智子が多感な少女時代を過ごした時期には、殆どの朝鮮人が祖国に引き揚げていて、一家がこの地を去るまでの間、朝鮮人の話題は一度も耳にすることはなかった。もっとも子供の世界だけのことであったかもしれないが……。

そんな暗い過去を持った炭坑に対して、世間はあまり良い印象を持てはしなかった。祖国から連れて来られた朝鮮人が過酷な労働を強いらされた場所、どこにも働き口がなくなり、仕方なく最終的に行く場所！　というネガティブな観念を持っている人も、世間には少なくないだろう。

しかし、美智子が育ったこの炭坑では、誰でもがすぐに就職できるという訳ではなかった。現に入社するときは、履歴書とともに、保証人となる親族の証明書や、身体測定も義務づけられていた。体が丈夫でない男が続けられる仕事ではないからだ。健康状態で少しでも疾患《しっかん》があったら、即入社試験から落とされてしまう。

そんな世間がいうほど簡単ではない入社試験に合格し、生活の基盤を築き、妻子を呼び寄せ、やっと食うや食わずの戦後の生活から一家を守り抜いた正吉が、今また、炭鉱の終焉《しゅうえん》という先の見えない難題に苦悩していた。そればかりか自分の職業のせいで息子の就職もままならないといった現実が、正吉の心に重くのしかかっていた。

房江と猛が学校に相談しに行った日から一週間後のことだ。晩酌をしながら、酒を飲んではため息をつき、ため息をついては酒を飲んでいる正吉を見て、思わず美智子が尋ねた。

「父さん、どげんかしたと？　何か知らん元気がなかごと見える」

「ああ、病気やなかけん、心配せんでよか。父さんは元気たい」

少しも元気な声ではなかった。あげん好きな酒を飲んどうとに、いっちょん楽しそうやなか！　いや、父さんだけやなか、母さんも兄さんも、全然元気やなか！

「心配するばい。ばってん、母さんも兄ちゃんも皆元気なかけん、ひとりだけ、なんか仲間はずれにされとうごとある」

そう言いながら美智子が真っすぐに三人を見たあと、

「そうやねー、美智子はもう中学生たい。家のことくらい、知りとうなるのは無理もなか。母さん、美智子にも話しちゃんない！」

猛がそう言ったので、房江がやっと重い口を開いた。

「美智子には話しとらんかったけど、この炭鉱はひとまず終わるとよ」

「終わるち、閉山になると？」

「うんにゃ、炭坑はそのまたい、ばってん小さくなるとよ。今の会社が終わって、新しい会社になると！」

「ふーん、ばってん、おられるとやろ？　ここに……」

美智子の言葉に三人の顔が曇った。

「出て行かな、いけんと？」

「俺が話しちゃる。ちょっとばっか難しかばってんが、よう聞きない！」

猛の話だと、炭坑自体がなくなるのでも、石炭を採掘しなくなるのでもないらしかった。どうやら正吉が勤めている炭坑の会社の経営者が変わるらしい。しかも給料は半額近く少なくなるのだそうだ。それでも残りたい者はそのまま第二会社で勤務し、納得できない者はそのまま辞めてください！　簡単にいうとこういうことらしかった。

「ばってん、そげん急に言われたち、すぐには決められんやろも？」

「あんたには言うとらんかったけど、去年から決まっとったとよ」

房江は「悪かったね、何にも教えんで！」と言いながら、来月にはどちらかに決めなくてはならないと、正吉と同じようにため息をついた。

最近、父さんや母さんや兄さんたちが妙に元気がないのはこのことだったのか！　美智子はひとりだけ子供だからと、つまはじきされた不平を言う気にもならなかった。それどころではないのだから……。

「今でさえきつかとに、給料は減らされ仕事はもっときつうなるんやったら、退職金ば受け取って、年金をもらえるようになるまで、地道に暮らせばよかと」

房江は五〇代半ばの正吉の体を気遣った。

「ばってん、その間、どげんして生活すっとか？」

正吉は生活費のことを心配した。

「こげんなることくらい、ずーっと前からわかっとるき。皆が食べられるくらいの蓄えはウチがきちんとしちょる！　なーんも心配しんしゃんな」

二人の会話を聞いていた兄が、

「俺、学校ばやめるき！」

そう言った途端、

「バカなこつば言いんしゃんな！」

正吉と房江が同じタイミングで、まったく同じ言葉を同時に言ったものだから、それまで張りつめていた空気が、突然和やかになった。照れくさそうに正吉が苦笑いをし、房江もまた、所在なく笑った。美智子は、この展開にほっとしていた。しかし、思いつめた猛にとっては、そんな余裕はなかった。静かにひと言ひと言噛みしめるような口調で言った。

「バカなことやなか、俺はずーと前から考えちょった。こげん家が大変なときに、俺だけのうのうと高校ば行ききらん！」

あまりに唐突な猛の言葉に、家族の誰もが次の言葉を見つけきれないでいた。見つけきれないのは、猛の優しさを充分わかっていたからだ。正吉にとっても房江にとっても、このうえもなく嬉しい息子の申し出なのだが……。そんな気まずい空気を破るように、

「そげんなったら、ウチも中学やめるきに。ウチもウチだけ、のうのうと中学校ば行ききらん！」

美智子がそう言った途端、少しだけ間をおいて房江がゲラゲラと笑い出した。正吉も笑いだした。猛は下を向いたまま、くっくと笑いだし家族中が笑いの渦に包まれた。

「あんたが高校やめたら、美智子もやめるち言いよるよ、どげんすっとね。そげんなったら父さんも母さんも捕まるばい、義務教育の子供に教育ば受けさせせん酷い親や言われて」

猛の顔を覗き込むように房江が言ったその言葉を真に受けた訳ではないが、結局猛は高校退学を踏み留まった。猛は猛なりに慎重に考えての決断だった。美智子に肩透かしをくわされた格好で、自分の意見を最後まで貫けなかったのは、少々意にそぐわない気がしないでもなかっ

たが、そんなことはもうどうでもよかった。家族がひとつにまとまったかけがえのない時間になったからだ。家族が本音で話し合うことなど、そうそうあるものではない。逆に家族だから言いそびれることだってある。

最後の奉公

結局、房江の言うとおりになった。家族四人で話し合った夜から一〇日後、正吉は本社に辞表を提出した。第二会社に再就職するのを断念したのだ。

「父さん、今日は飲みたいだけ酒ば飲んでよかよ」

夕飯どき、房江が珍しく台所から隠してあった一升瓶《いっしょうびん》を取り出し、晩酌をしている正吉の横にでん！　と置いた。

「今日は特別たい」

そう言いながら、いつの間につくったのか、大盛りのおでんが入った皿を食卓の上に置き、これもまたどこに隠してあったのか、鯵のタタキを盛りつけた四角い皿をいそいそと台所から運んできた。

「うわー、正月のごとある！」

「うんにゃ、それ以上たい。おでんなんちもん、滅多に食べられん」

美智子と猛は大喜びだった。

「今日は、我が家の新しい出発の日です。終わりじゃなかよ、父さん！　いっぱい飲んで、いっぱい食べんしゃい」

いつもの倍は優しい房江の意に反して、正吉の酒を飲むピッチは思ったより進まなかった。

「そんで、この家にはいつまで住んでよかと？」

美智子の質問に、

「退職してから一年間はここに住んでよかち、今日事務所で言われたばい」

珍しく正吉が答えた。

「一年あれば、ゆっくり腰据えて探せるき」

房江の言葉に、訳もなく美智子がはしゃぎ、

「家ん中に、便所があるほうがよかね〜、玄関も台所ん中にあるとはいけん、やっぱ別々になっとかんと……。それと、ウチの部屋もほしか〜、勉強机も、兄ちゃんと一緒やのうて、ウチひとりだけの机がほしか〜、風呂もある家がやっぱよか〜、庭があったら、ウチの好きなお花を植えて、お花畑にするばい。それと……」

「まだあるとね、早よう食べんと、せっかくのおでんが冷めよるよ」

半分呆れ顔で、苦笑しながら房江が言うと、

「退職したらすぐに、高校の家族調書の親の仕事先ば書き直すように学校に連絡したらよか、そげんなったら猛の就職先も決まりよるやろ」

ぽつりと、突然正吉がそう言った。その瞬間空気が変わった。猛の箸を持つ手が止まった。

「父さん、俺の就職が決まらんとは父さんのせいじゃなか、俺がどっか頼りなかけん」

猛の言葉のあとをどう続けていけばいいのか、房江は明らかにうろたえていた。気まずいこの場の空気を打ち破ろうと、

「そんときはウチも兄ちゃんの学校に一緒に連れてってほしか～、いっぺんでいいから、都会の学校ば見てみたか～」

美智子がそう言った。猛のあとの言葉を見つけきれないでいた房江は、

「そうやね、そんときは連れて行っちゃるばい」

そう言いながら、美智子を見て笑った。

秋も深まったある日、とうとう最後の日がやって来た。最後の正吉のローテーションは一番方だった。毎朝何度房江が起こしてもなかなか起きない美智子が、この日は早朝の五時に目が覚めた。

正吉は既に朝食を終え、身支度を整えていた。背中に美智子の視線を感じたのか、

「なんね、今日が最後やから言うて、こげん早か時間に起きんでもよかとに……」

正吉は笑ってそう言いながら、房江が準備した真新しい作業着に袖を通した。

「今日一日のために、こげな無駄使いせんでもよか……」

そう言いながらも嬉しそうだった。

「最後の日やけん、なんもかんも一番きれいなもん身につけて、山ん神様に守ってもらわんと！」

房江が、新品ではないがきれいに洗濯されたゲートルを正吉に手渡した。上がり框に腰掛けた正吉がいつものように、慣れた手つきで作業ズボンの裾をギュッと絞り、その足首辺りからゲートルを巻き始めた。少し毛羽だった麻のような手触りの、一〇センチ幅くらいの茶色の布が、正吉の手によって、グルグルと足に巻かれていく。伸縮性のある布なので、まるで足にピタッと吸いついていくみたいだ。

幼いころから見慣れていた光景だったが、この日の朝は少し違った。その動作の一つひとつが、初めて読む本のページを捲《めく》る瞬間のときめきに似た感覚だった。

「どげんして茶色の包帯を巻くと？」と聞いた幼い日が甦った。

「包帯やなか、ゲートルたい」

正吉は得意気《げ》に答えた。足首の部分はきつめにしっかりと巻き、ふくらはぎの少し手前で、ゲートルをひっくり返し折り目をつける。わざわざ半分に折り目をつけるのは、ふくらはぎ部分から次第に太くなっていく形に添わせるためだ。ふくらはぎの部分は徐々に太くなっていくので、普通にきつめに巻いていたのでは動作がしづらい。かといって動きやすさを考慮しすぎると、今度は撓《たわ》みが出て、緩々《ゆるゆる》になってしまい、ゲートルの意味をなさなくなってしまう。

「この加減は若いもんには真似できんばい」

自慢げに言った正吉の言葉どおり、見事な巻き方だった。膝のすぐ下部分まで巻き上げると、今度はゲートルの終わりの端に付いている二本のヒモを何度も膝下の部分に巻いた。そこから足首に向かい、二本のヒモを斜めに交差した。巻かれたゲートルの緩みをカバーするように交差した二本のヒモは緩々になることもなく、しっかりとゲートルを巻いた足に沿ってピタッとはまった。

美智子はこの一連の動作を黙々と続ける正吉の手際の良さに今更ながら感嘆して見ていた。見ているうちに、どうしても正吉から答えを引き出したい質問があったのを思い出した。幼い日に聞いた憶《おぼ》えはあったが、結局納得できる答えは返って来なかった。あの日と同じように聞いてみた。

「父さん、うちに教えてくれんね、ゲートルば足に巻く理由を……」

最後の日を逃したらもう永遠に聞けないような気がした。

「ゲートルを巻いとると、ズボンの裾が引っ掛からんとよ。穴ん中で引っ掛かったところが悪いと事故のもとやけん。俺だけやったらまだよかけど、仲間ば道連れにする訳にはいかんき。それに、こんだけしっかり巻いとると、うっ血せんから足が疲れんとよ」

正吉は笑いながら、このゲートルの巻き方は、戦地で上官から教えてもらった一番崩れにくい巻き方なのだと自慢げに話した。所属した部隊によって、微妙に巻き方が違うのだと、それもまた誇らしげに言った。二本のゲートルを神業《かみわざ》のような早業で巻き終わり、すっくと立ち上がった正吉は何故か清々しかった。

「行って来る」

長屋の住人に気遣って、そーと玄関の戸を開けた正吉は、足音を立てないように静かに戸外へ出て行った。肩から下げたテント生地のズタ袋を小脇に抱えているのは、中に入ったブリキの弁当箱が揺れて音を立てないようにとの、正吉らしい気遣いだった。

「行ってらっしゃーい」と大きな声で送り出したい気持ちをぐっと抑え、手だけを振った。まだ夜が明けやらぬ屋外の空気は冷たく、曇天《どんてん》の日の夕暮のような薄暗さだった。房江と美智子は通りに佇《たたず》んだまま、ずっと正吉を見送り続けた。真っ白な綿のような正吉の吐く白い息が、小さくなって見えなくなるのと同時に、正吉の後ろ姿も薄墨色《うすずみいろ》の景色へと同化していった。

家へ戻ろうとしたとき、後方に人影を見つけた。若奥さんだった。房江と美智子が頭を下げると、若奥さんも同じように深々と頭を下げた。

「こげな寒か朝に、わざわざ見送りに出てくれんしゃったとやね～」

房江は少しだけ瞳を潤ませながら、七輪の上の鍋に菜箸を入れ、煮ものを鉢に盛り付けていた。

「赤ちゃんが小さかけん、起こしてしまう。まだ朝早いけんね、美智子、学校行く前に、若奥さんに届けてくれんね」

掌にぴったりと収まる小ぶりの鉢を大事そうに抱えた房江は、上がり框の一番端に鉢を置いた。

房江に頼まれたとおり、若夫婦の家に煮物を持っていくと、若奥さんが出てきて、煮ものが入った鉢を受け取りながら、

「美智子ちゃんのお父さんは凄かねえ、一五年も続きんしゃったんやから……。ウチん方の旦那さんもよう言うとらすとよ、あんだけ休みなく働きよったら、どっかしらガタが来てもしょうがなかばってん、よう体が続くもんやち……。うちはまだ五年目ばってんが、もう限界やち言うて、毎日ぐったりして帰って来るとよ、太一がおるけん頑張れる。いつもそう言うとうと」

その太一は台所のすぐ横の四畳半の茶の間に寝かされ、スースーと可愛い寝息をたてていた。正吉が家を出る一五分くらい前に帰宅した若主人は、「六畳間で泥のように寝ている」と若奥さんが言った。

太一を抱っこできなくて残念だったが、平和な太一の寝顔を見ることができて、美智子は何だかほっこりとした。

落盤事故

　学校ではいつものように授業が始まったが、この日だけはどうにも授業に実が入らなかった。薄墨色の朝靄《あさもや》の中に消えていく正吉の後姿が美智子の瞳に焼き付いて離れなかった。

　父さんはどんな思いで、あの真っ黒な坑口に入って行ったんだろうか、安心したのだろうか、それとも淋しい思いもあったのだろうか、どっちにしても、母さんの心配の種はひとつだけはなくなった訳だ。父さんがいつ事故にあうかという心配をしなくていいのだから……。

　そんなことをぼんやり考えていた五時間目の授業中、突然耳を劈《つんざ》くようなサイレンが鳴り出した。

「な、なんやろか?」

「事故かねー」

　教室中がざわざわし出したとき、校内放送が聞こえた。

「ただいま、坑内で落盤事故が発生したとの知らせが入りました。生徒の中でお父さんが坑内で仕事をしている人は、先生に申し出てください」

慌てて放送したのか、いつもより早口なのが一層緊張感に拍車をかけた。

「この中でお父さんが一番方の人いますか？」

先生の声も上ずっていた。美智子と数人の生徒がおずおずと手を上げると、クラス中の視線が一斉に美智子や他の挙手した生徒たちに集まった。

すぐに帰宅するようにとの二回目の校内放送があり、美智子は学校を飛び出した。それからどこをどうやって坑口まで行ったのかは一切記憶がなかった。坑口に着くと、既に入口辺りは人々でごった返し、騒然としていた。

「早よ、出しちゃらんね」

「捜索隊《そうさく》は何ばしちょっとね～」

「どげんなっちょうとか～」

至る方向から、怒鳴り声やら、泣き声やらが交錯《こうさく》し、収拾がつかなくなっていた。

「今、事故の具合を調べとうけん、まちっと待ってください」

マイクを手にした係員が必死で応えようとはしていたが、家族を心配する群衆の声にあっけなくかき消された。美智子は押し寄せる群衆にこれ以上流されまいと、懸命に踏ん張っていた。

周囲を隈なく探す美智子の視界に、人波にもみくちゃにされている房江の姿が映った。

「母さ～ん」

思いっきり声を張り上げても人々の罵声《ばせい》や大声にかき消されていく。

「母さ〜ん」

もう一度叫んだ。その声がやっと届いたのか、房江が美智子の方向を見た。人波をかき分けかき分け、房江が美智子の方に歩いて来る。まるでスローモーション映画のように、ひとコマずつ房江が近寄って来る。近づくたびに、疲れ切った房江の顔に不安と哀しみが増幅しているのが見てとれた。

「美智子、父さんが、父さんが……」

やっと美智子のところまで辿り着いた房江は、ヘナヘナと美智子に縋《すが》って崩れ落ちた。

「母さん、大丈夫やき、父さんは死にはせん、母さんがいっつも言うとったでしょうが！　父さんはコレラにも打ち勝った。引き揚げんときも負けんかった。父さんは不死身やち、いっつも母さんが言うとったでしょうが！」

ウチがしっかりせんと！　美智子は必死の思いで自分自身を奮い立たせていた。

「大丈夫やき、父さんは死なん、絶対に死なん！」

何度も何度も自分に言い聞かせるように呟いていた。

「美智子ちゃん、大丈夫ね？」

後ろから声がして振り返ると、西村のおじさんが心配そうに、美智子の顔を覗き込んだ。

「大野さんが一番方や聞いて飛んで来たとよ、奥さん、旦那さんは絶対生きとう、こげんことくらいでまいるような男やなかけん、絶対生きとうよ」

　そのあとマイクで、家族は二人だけ坑口の建物の中に入って待つようにとの指示があり、また騒然とした。

「こん中は皆さんたち全部が入りきれるほど広くはありません。女の人が優先で入ってくださ い。男の人はテントと焚火《たきび》を用意しますばってん、そこで待機しちょってください」

　その声に騒然としていた空気は少しだけ落ち着きを取り戻した。

「西村のおじさん、母さんば頼みます。ウチは家へ帰って母さんのコートやら、毛布やら持ってきますすけん」

　美智子は、西村のおじさんに母を頼み家へと帰る道すがら、以外にも自分が落ち着いている事実に気づき、不思議な気がした。家に帰ると同時に猛も帰って来た。

　平川のおじさんが学校に電話を入れてくれ、すぐに帰って来られたと青ざめた顔して猛が言った。

「そんで、母さんにはおうたか？」

「うん、おうた。泣いとった。坑口の待合所に入って待っとんしゃる。家族二人しか坑口には入れんち係のおじさんが言いんしゃったき」

　猛の顔を見た安堵《あんど》感からか、緊張が一瞬にして崩壊し、最後は涙声になっていた。

「美智子、しっかりしなさい！　俺たちがしっかりせんと。母さんには俺がついとるけん、美智子はこの家ば守らんと……」

自分も行くと言い張っていた美智子に、

「お前はここに残っちょき、どっちみち坑口の待合所には、家族二人しか入れんき」

猛はそう言いながら、毛布やコートや膝かけなどの防寒具を持ち坑口へ急いだ。美智子は、猛の姿が長屋の建物に挟まれた細長い道路に吸い込まれていくのをずっと見ていた。朝靄の煙る薄墨色の世界に消えていった今朝の正吉の背中が脳裏に浮かんだ。

その日の夜は時間が果てしなく長く感じた。家で待機している美智子の耳元に届く柱時計の振り子の音が、大音響となって美智子に襲いかかってきそうだった。ふだんは気づきもしない振り子の音なのに……。

「美智子ちゃん、お腹ば空いとうやろが」

玄関を開ける音がして振り返ると、西村のおばちゃんが大きなお盆を持って立っていた。そういえばお昼の給食を食べたっきりで、お腹が空いていることすら忘れていた。お盆の上のお皿からは、ほわほわと白い湯気が立ち込めていた。

「こげんときこそ、食べんといかんよ」

西村のおばちゃんはそう言うと、お盆を炬燵の天板の上に置いた。お盆の中にあったのは、吸い物が入った椀と、まだ温かい二個のおにぎりに沢庵《たくわん》が添えられたお皿と、ごま油が香るきんぴらごぼうの小鉢。

美智子のお腹がグーッと鳴った。うち、やっぱりお腹が空いとう、こげなときになんでお腹が空くとやろか……。父さんが死ぬか生きるかちときに……。

「おばちゃん、うち情けなかあ。なしてこげんときにお腹が空くんやろか、父さんが生きるか死ぬかいうときに……。ご飯も喉を通らんのが当たり前やのに……。こげん心配しとうとに……。母さんも兄さんも食べとらんかもしれんとに……」

「美智子ちゃん、当たり前たい、お腹はどげんときでも空く。生きとう証拠たい。これからどんだけ時間がかかるやもわからんき、あんたもちゃんと食べて体力ばつけとかんといかん！ちいうことたい……。それにお母さんと猛ちゃんとこにも、若主人が夕飯ば運んどるけん、心配しんしゃんな、二人とも無理してでも食べとうよ」

西村のおばちゃんが帰宅したあと、とても食べられそうにはないと思っていたおにぎりを頬張った。ご飯のもちっとした美味しさが口中に広がった。すぐにきんぴらごぼうを放りこんだ。しゃきっ、しゃっきっと歯ごたえのあるごぼうを勢いよく噛むと、噛んだ音が部屋中に広がった。ああ、ひとりなんだと思った。家族四人で食べていたら、きんぴらごぼうを噛むときの音がこんなに大きかったことに気づいていたろうか？　しゃきっ、しゃきっ、美智子はわざと大きな音をたてて きんぴらごぼうを噛み続けた。

しばらくして、西村のおばちゃんがお茶を持ってきた。

「おばちゃん、お茶くらい、自分で淹れられるき……」

「よかよか、おばちゃんの淹れたお茶は美味しいき、飲みんしゃい」

おばちゃんはそう言うと、お茶と入れ替えに食べ終えた皿を乗せたお盆を持って帰った。

「美智子ちゃん、まだこれから、どんだけ時間がかかるやもわからんき、ちゃんと寝ときなさいよ、ちゃんと食べてちゃんと寝て、体力ばつけとかんと……」

玄関の敷居をまたぎながら、おばちゃんは振り返って言った。

「おばちゃん、炬燵の中の七輪に火を起こしてくれとったん？」

美智子がそう聞くと、

「平川さんがやって来て、そんじゃ自分は美智子ちゃんが帰って来たとき寒うないように、七輪の火ば起こしちょく言うてくれて……」

「おばちゃん、ありがとうございました」

美智子が深々と頭を下げると、

「お互い様やき、気にしんしゃんな。それより風邪ひいたらいけんよ、温こうして寝なさいよ」

西村のおばさんがいなくなり、また、ひとりの部屋になった。いつでも坑口へ駆けつけられるように、パジャマは着ないで普段着を来て、布団を炬燵の側に敷き寄せて床に着いた。

「寝とかんと……、寝とかんと……」

自分に言い聞かすように呟きながら、ぐったりした体を横たえても、頭の芯はより冴《さ》えてとても眠れそうになかった。

次の日の朝起きるといつの間にか美智子の体にもう一枚布団がかけられ、炬燵の天板には、炊いて間がないごはんが入った御櫃《おひつ》と茶わん。漬物と味噌汁の鍋が置いてあった。『食べんといけんよ』というメモが添えられていた。そのメモの押さえは生玉子だった。美智子に少しでも精をつけさせようと、とっておきの玉子を準備してくれたのだろう。

『奥さんと猛ちゃんの朝食は運んでいったから心配せんでよかよ！』

もうひとつのメモを読んでいるうち、ぽろぽろ涙がこぼれた。多分、西村のおばさんや、平川のおばさんたちが朝からご飯をつくってくれているのだろう。無理やり朝食を流し込み、洗った食器をお盆に伏せ西村のおばちゃん家に返しに行くと、珍しくおじちゃんが出てきた。

「あれ、珍しか、おじちゃん、おったんですね」

「うん、やっぱりあげな事故があったけん当分は休みやろう。坑口は、関係者以外は立ち入り禁止になっとる。美智子ちゃん、俺に何かできることあったら、遠慮せんで何でも言うたらよか、あ、そうや、今日は俺が坑口まで自転車に乗せて行っちゃるきに」

西村のおじちゃんの言葉に甘えて坑口まで二人で自転車で行った。

坑口の待合所に着くと、ガラス戸越しに疲れきった房江と猛の顔が見え、そっと手を振ると猛が気づいた。すぐに帰るからと係員に訴え、少しの時間だけ入室を許された待合所で、

「お母さんは何か食べたと？」

美智子が聞くと、

「うんにゃ、殆ど食べよらん、食べんとまいるよち、いくら言うても食べよらん、昨日やっとおにぎりを一個食べてくれたばい」

「兄ちゃんは食べたとね」

「俺がまいったら、母さんを支え切らんき、無理しても食べよるよ」

坑口の待合所は人が溢れていた。待機している家族に、食料や毛布などを届けに来ている身内だけで、小さな坑口の待合所は溢れかえりそうだ。

「どの家族も二人までち決まっとうき、美智子は家で待っとき！」

猛の言葉にしぶしぶ従いながらも駐輪場へ戻ると、西村のおじちゃんが待っていた。

「お母さんと猛ちゃんはどげんやったね？」

西村のおじさんが珍しく身を乗り出して、聞いた。

「うん、思ったより元気そうやったけど……。あ、西村のおばちゃんにお母さんが済みませんち言うとりました」

やがて美智子は後ろ髪引かれる思いで家路に着いた。

帰宅しても時間だけが虚《むな》しく過ぎ、やがて三日目の夜を迎えた。西村のおばさんや平川のおばさんたちは相変わらず食事の支度をして坑口の待合所まで届けていた。日に何度か坑口に様子を見に行ったが、相変わらず不安そうな房江と猛の疲れ切った顔がガラス戸越しに見えるだけだった。落盤事故から七二時間を超えていた。生死を分けるターニングポイントは七二時間。

七二時間を過ぎると生存率が激減するという。

自宅で待機していても時間は虚しく過ぎてゆく。恐ろしく時間の経過が長く感じられる。壁の掛け時計の振り子の揺れる音が、刻一刻と正吉の命を刻んでいくような気がした。

そんな、ただ待っているだけの自分の不甲斐なさに美智子は打ちのめされていた。何をするべきか、今の自分に何ができるか考えた。いつの間にか美智子の足は山ん神に向かっていた。

山ん神は炭坑で働く男たちを守ってくれるはずやろうも。父さんも炭坑夫たい、山ん神に父さんを守ってくれるよう、祈願するしか自分のできることはなか！

夜の山ん神は深閑《しんかん》として、来る者を寄せつけない厳しさがあった。

いつか日本の神社仏閣に関する本を読んだとき、一番願いが叶う時間は昼よりも夜で、しかも午前〇時を過ぎてから二時間くらいまでが、一番いいのだと書いてあった。それは昼より夜のほうが人の念が邪魔されずに神様に届くせいもあるが、何より神様が盛んに動き始める時間帯が真夜中なのだとも、まことしやかに書いてあった。時代劇で、よく真夜中の神社でお百度参りをするシーンを見ることがあるが、あれも理に叶っていたのだ。そうは思っても本の世界の神社と、実際の夜の神社とは格段の差があった。本のような訳にはいかないのだ！

しかし、こんな怖さなど、坑内で必死に生きるために戦っている父さんの不安に比べると、吹けば飛ぶような水鳥の羽根のようなものだと、必死に自分に言い聞かせた。そんな美智子をあざ笑うかのように、昼間の山ん神とは確実に違う一面を見せながら、美智子の前に参道は続いていた。その押し寄せて来る恐怖は言葉には言い表せないほどで、美智子は必死でその恐怖に耐えていた。

参道は途中で直角に曲がりながら尚も続いている。曲がり角にあった東屋《あずまや》風の屋根があるお清め場の、八方に広がったハスの花の形でさえ、長い脚を広げた妖怪のようで、今にも飛びかからんとしている大蜘蛛《くも》にも見えた。美智子は思わず走り出しお清め場をやり過ごした。

美智子の走る足音だけが境内に響き渡った。また静かに歩きだすと、シーンとした静けさの中で、どこからか自然を超越した存在のようなものが、草の陰から、木々の葉っぱの間から、美智子をずっと凝視しているかのような気がした。それを神というならば、美智子は試されていると何故だか思った。参道を歩いていると美智子の覚悟を試すように、時折、夜の冷たい風が、足元や顔をなでながら吹き過ぎていった。何かの存在が風を起こしているといった感じの、空気を切るような風だった。美智子の恐怖は頂点に達していた。今にも叫び出しそうな衝動を堪えてやっと参道を歩ききると、目の前に祠が現れた。小さいころ散々遊んだ参道に続く祠が、違う存在になっていた。祠の前で膝まづき祈った。

「父さんを守ってください、父さんを助けてください、何でもします。人の役に立つ人間になります。困った人がいても、絶対知らん顔はしません。どうかお願いです。父さんを助けてください、父さんを死なせんでください」

何十回祈っただろうか、何百回祈っても、祈っても、祈り足りないと思った。今、自分が立ち向かう恐怖など、坑内で取り残され死神に取りつかれそうになっている父さんの恐怖に比べたら、どうってことはない！　自分で自分に言い聞かせ、気が遠くなるほど、祈り続けた。どれくらい祈り続けたろうか、後ろ髪を引かれる思いで、美智子が山ん神をあとにしたときは、もう午後一〇時をとっくに過ぎていた。家に帰ると、西村のおじさんが、家の前で美智子を待っていた。

「どこ行っちょったとね。お父さんが助け出されたち、たった今連絡があったとばい。すぐ行かんな、皆あっちへ行ったとよ」

西村のおじさんの慣れない運転で、二人乗りして自転車で向かった。普段は歩いたほうが早いといわれている西村のおじさんの運転だが、このときは滅法《めっぽう》早かった。よろよろしながらもやっと坑口に辿り着くと、ちょうど救急車で正吉が運ばれる寸前だった。

「父さん、父さん、わかる？」

担架の横で房江と猛が必死に正吉に声を掛けていた。美智子は人を押し分け、押し分け、やっと担架に辿り着いた。

「父さん、父さん、うちや、美智子や」

「ああ、心配かけよったね」

消え入りそうな声で正吉が声をふり絞った。しかし握った正吉の指先はびっくりするほど力強く、「ああ、父さんは大丈夫だ」と、何故か確信した。安心したと同時に次から次へと涙が溢れ正吉の手にぼたぼたと零れた。いつも絶対に手を繋ごうとしなかった正吉の手は、相変わらず真っ黒だった。その黒い手で、正吉は初めて美智子の手をしっかりと握りしめた。

救急車には房江が乗り、猛と美智子はしばらくその場で待たされた。一五分ほどもすると会社側から手配された車がやって来て病院へと向かった。

病室の番号

病院に着くと玄関前には、新聞記者と見受けられる男たちとカメラマンたちが大勢押し掛けていた。坑口前にもたくさんいたが、同じくらいの記者たちがこんなところにもいたのかと二人が戸惑っていると、

「大野さんが四日も経ってから見つかったけん、大騒ぎになっちょうとです」

二人を運転して病院まで連れて来てくれた中年の男性がそう教えてくれた。

「ここやなかばってん、五年前にも落盤事故があったとき、一酸化炭素が凄か勢いで広まって、捜索隊も中に入れんかったと。二日経ってようやっと坑内に入れるようになって捜索したばってんが、全滅やった。毒ガスとおんなじやき。あんたたちのお父さんが助けられよったとが奇跡や！　ちゅうて、それば新聞記事にしようち、必死ばい」

猛と美智子が顔を見合わせた。何だかとんでもないことになっていた。

「裏口から入りまっしょう。正面から行きよったら足止めくらいそうやき」

男性は慣れた感じで、病院の建物に沿ってぐるっと回り込み、裏口の小さな駐車場に車を止

めた。こんなところに出入口があったのかとびっくりしながら二人が車を出ると、後ろから一台の真っ黒な大型の車が二人の横を通り過ぎ、駐車場に停めずに出入り口のすぐ前で駐車した。何だろう？　と見ていると、出入り口のドアが開き、医者と何人かの看護婦がぞろぞろと出て来た。その後ろからは箱を乗せた長細い台車のような車を押しながら、背広を着た男の人が出て来た。

車の運転手が車後方の大きな扉を開け、台車を車に近づけ、長細い箱を背広の男性と二人で車の後方に運び入れた。医者と看護婦たちに何度も頭を下げ、中年の婦人が疲れ切った顔で車の助手席に乗り込んだ。そこにいた医者や看護婦全員が、黒い車が走り去って見えなくなるまで頭を垂れていた。その光景のすべてがサイレント映画のように終始無言で、静かな川の流れのように速やかに人が動き、そこだけ異次元の世界のようだった。

二人を乗せて来てくれた中年の男性も、美智子も猛も思わず頭を下げて車を見送った。

「ここは入り口やなか、出るだけのとこたい。あんたたちのお父さんはここから出らんでもようなって、よかったばい」

男性はそう言うと、先ほど入らなかった玄関ロビーまでの道順を教え、じゃあと帰って行った。ロビーまで歩きながら心が震えた。さっきの憔悴《しょうすい》しきった女の人と房江の姿がだぶった。もしかしたらお母さんやった可能性もあった。そう思うと涙が溢れ、前をいく猛の背中が幾重にも揺れた。涙が止まらなくなりしゃがみ込んだ美智子を、猛が後戻りして美智子の背中を撫でた。

「美智子、頼むけん、ここで泣くな。ここは病院やき、泣きたい人はいっぱいおるとぞ。俺たちの父さんは助かったんやき」

急いで涙を拭きまた歩き始めた。猛の言うとおりだった。ロビーまでは結構長く、歩きながら美智子は自分たちを送ってくれた先ほどの中年の男性の言葉を思い出していた。

「ここは入り口やなか、出るだけのとこたい」

落ち着き払った男性の表情や仕草を考えると、あの男性は何度もこんな場面に出くわしているのかもしれないと思った。

「兄ちゃん！」

「何ね？」と猛がいぶかしげに振り返った。

「さっき運ばれた人は、やっぱり今度の事故で死んだ人やろか？」

「わからん、多分そうやなかろうかち俺も思う。ばってんもう考えんでよか、俺も忘れた。あげな場面見るとは一回でよか」

猛の言葉を聞いて美智子は何だかホッとした。やっぱり兄ちゃんも、うちと同じ思いやったんや！　大人でも子供でもあげな場面はあんまり見とうなかもん。

ロビーの受付で名前を言うとすぐに返事が返ってきた。

「ああ、その先の一五号室です」

「一五……」

一五と聞いて何故かほっとした顔で猛が呟いた。

「よかった！」

どげんして？　と言いたげに猛を見上げた美智子に気がついたのか、

「危なか人は、診察室に一番近い部屋に入るとよ、小さい番号の部屋が診察室に近いけん」と囁《ささや》くように猛が教えた。

「どげんして？」

「何かあったら、すぐ駆けつけられるき」

「ああ、そうか」

病室の番号ひとつで、生と死の分岐点が決まってしまうのか。正吉の居る一五号室に行く途中、一号室、二号室と、若い番号の部屋の前を通り過ぎた。半開きのドアから、慌ただしく看護婦が出たり入ったりするのを見ながら、もし父さんがこの部屋に入っていたらと思うと、一五号室までの廊下がずっと長ければいいと思った。

一号室、二号室、三号室、五号室と、病室の前を通り過ぎ、だんだん病室の番号が大きな数字になるごとに、正吉が死から遠ざかって行くような気がした。一〇号室を過ぎた辺りで、「お父さん！」と、引き裂かれるような女性の泣き声が聞こえた。振り返ると、いま通り過ぎたばかりの三号室のドアが開き、中からハンカチで目をおさえた若い男性が出て来た。

ああ、亡くなったのだ。父さんと同じ炭坑で仕事をし、父さんと同じトロッコで坑道に入っていったかもしれない炭坑夫が同じ坑道の中で事故にあい、看病も虚しく死んだんだ……。美智子はそう思うと矢も盾もたまらずに、急に足早に歩き出した。まるで正吉がそうなっていたかもしれない死の恐怖から逃げ出すように……。

一五号室のドアをノックすると、

「はい、どうぞ」と房江の声がした。その声を聞いて、美智子と猛はほっとし、二人に笑顔が戻った。房江の声は思ったより元気だった。正吉はやっぱり大丈夫だという証《あかし》だ。

美智子と猛の顔を見て振り向いた房江の顔は、さすがに疲れていたが、ゆっくり頷いた表情には安堵の色が表れていた。

「どうね、父さんは？」

猛が言うと、

「うん、今、眠っとう。やっと、ホッとしんしゃったんやろう」

房江はそう答えながら、猛と美智子に向かって小さく頷いた。

「母さん、俺が代わるけん。母さんは家に帰ってちっと休みない」

猛がそう言うと、

「ばってん、あんたも殆ど寝とらんやなかかね」

「俺は若いき、ちっとやそっとじゃへこたれん！」

「そうやねー、部屋ん中も片付けんないかんき、夕飯の支度もせんといけん」

「母さん、家が散らかりよっても死にはせん。家に帰っても、何もせんで、とにかく、ちっとだけでよかから休みない」

「ウチも父さんに付き添う」

美智子は正吉の側に居たかった。

「なんば言うとうとね、お前は母さんの手伝いをせんな。母さん殆ど寝とらんき、死ぬほど疲れとる」

房江は猛の言葉に従い、美智子とともに素直に家に帰って行った。

五軒長屋では、正吉が助け出されたことを伝え聞いた人たちが二人の帰りを待っていた。

「奥さん、美智子ちゃん、よかったねえ、大変やったねえ」

西村一家も、若夫婦も全員で二人の帰りを待っていた。

「なんか俺たちにも手伝えることあったら、いつでも言うちゃんない」

西村のおじさんが顔をくしゃくしゃにして、代表して言った。

「もう、充分過ぎるくらいしてもろうたです。皆さん、ご心配ばかけました。主人は足の骨ば折れたけど、命には別条ないち、お医者さんから言われました」

「そうね、よかったです。奥さんも疲れんしゃったでしょう？　ゆっくり休んでくだしゃい」

太一を抱いた若奥さんがそう言うと、何が可笑しかったのか太一がひと際高い声で「きゃっ、きゃっ」と笑った。

「太一ちゃんも喜んどるよ」

美智子の言葉に、居合わせた皆が笑った。

次の日の朝、一晩布団の上でぐっすり眠った房江は、猛のおにぎりとお茶が入った水筒を持って病院へ行き、猛と交代した。途中まで房江と連れだって歩きながら、美智子は思った。いったい自分は何をしたんやろう、何か役に立つことをしたやろうか、母さんや兄さんの半分も役に立っとらん。

四日ぶりに登校するとクラスメイトたちが、美智子の周りに集まってきた。

「美智子ちゃん、お父さんよかったね」

「お父さんの怪我はどうね」

「ばってん、美智子ちゃんのお父さんは凄かねえ。うちの母さんが言うとらしたもん、美智子ちゃんのお父さんは一番奥で採炭しとんしゃったとに、よう助かったたち……。おんなじところにいた人たちは皆ダメやったたち……」

次々に話しかけられうまく返答できないところに、運よく担任教師が教室に入ってきた。

「はあーい、皆さん席について!」

バタバタと生徒が席についたが、教室中のざわついた雰囲気はなかなか消えそうもなかった。

「皆さん、もう知ってると思いますが、大野さんのお父さんが四日ぶりに助け出されました。

本当によかったです。大野さん！　大変でしたね」

　どこからともなく拍手が沸き起こり、クラス中の視線が集まった。明らかに美智子の言葉を待っているといったふうのたくさんの目で見つめられ、必然的に立ち上がる格好になり、美智子はクラスメイトに語りかけていた。

「皆さん、心配してくれてありがとう。父は足の骨を折った以外はどこも怪我しとらん、本当によかったです。ただ、父は助かったばってんが他に死んどる人もたくさんおらすけん、何ち言うたらよかか……。ばんざーいち、太か声であんまり喜べんけど、それでもうちはやっぱり嬉しかです。父によう頑張ったね、ありがとうち言いたい気持ちです」

　美智子の言葉で潮目が変わったように、クラス中が静まり返った。

　その日、学校からいったん帰宅すると、長屋の前の道路で、西田のおばさんと平川の若奥さんが立ち話をしていた。

「美智子ちゃん、お帰り、どげんね？　久しぶりの学校は……」

「うん、皆お父さんが助かってよかったち喜んでくれよんしゃった」

「そうやろうね、今も話しよったところばい」

　若奥さんがそう言うと、

「そりゃもう、この辺で皆言うとらすばい、やっぱり大野さんは不死身たい。あんだけの事故で、あげん元気に生きて帰ってきんしゃったち」

正吉の奇跡的な生還を、長屋の人たちはこう言った言葉で表現した。正吉はここでも既に英雄だった。美智子は教室でクラスメイトに言った言葉を思い出していた。しかしかろうじて思い留まった。美智子にはわかっていた。教室でも感じていたが、美智子が一番諸手《もろて》を挙げて喜ばなければいけない存在になっていることを……。その美智子自身が、その喜びに戸惑いを見せると、当然のように周りの人たちが引いてしまうということを……。

美智子は二人に別れを告げるとすぐに病院へ向かった。

病院のロビーを通り過ぎ、東第二病棟への渡り廊下を過ぎると、中庭を挟んで向かいの棟の病室が並んでいるのがよく見えた。正吉が助け出されたと聞いて駆けつけたあの日、何かに追われるように走り抜けた廊下に並ぶ病室のドアが眩《まぶ》しかった。

引き裂かれるような「お父さん」と言う声を聞いた部屋の前を美智子は通れなかった。一つ隔てた病棟からぐるっと回る形で、かなり遠回りをして正吉がいる一五号室へと向かった。

病室へ着くと何故だかドアが開いていて、そーっと中を伺うと、ベッドの上で起き上がり、窓に顔を向け、外を眺めている正吉の姿が目に入った。どこを見ているのか、焦点の定まらない虚《うつ》ろな瞳で窓外の遠い景色を眺めている正吉は、これまで美智子が一度も見たことがない父親の姿だった。

お父さんてこんなに背中が丸かったかな……。美智子がそう思うほど正吉の背中は丸くなり、いっぺんに年を取ったように見えた。

「お父さん」と声を掛けるのもはばかられて、入室するタイミングを失い、ドア付近でもたもたしている美智子の気配に気づいたのか、

「おう、美智子来とったとか、気づかんかった」

そう言うと、またいつもの正吉に戻った。その手には、事故の報道が掲載された新聞が握られていた。

その新聞の一面には、助け出され担架で運ばれている正吉の写真がアップで写し出されていた。今朝、長屋中で評判になっていた新聞だ。美智子もその新聞記事を何度も何度も読んでいて、内容は熟知していたくらいだ。

「父さんも新聞読んどったと？　その新聞、もう有名やき、西川のおばさんもおじさんも、若夫婦も、美智子ちゃんのお父さんは不死身やち、言うとんしゃった、父さんは英雄やち！」

正吉を元気づけようと言った言葉だが、どこか浮いた言葉だと美智子自信が感じていた。感じながらも懸命にエールを送ったのは、正吉に一日も早く元気になってほしいからだ。

「そうか……」

正吉はそう言うと、ベッドの横にある小さな棚の上に新聞を置いた。やっぱりどこかで何かが、父を変えてしまったようだと美智子は感じていた。

次の日も、その次の日も、美智子は学校から帰ると病院に行った。といっても美智子のすることは殆どなかった。午前中に病院を訪ねる房江が、病院食では物足りないだろうと、正吉の

好物のおかずやら、着替えの下着などを持って来ていたからだ。

美智子が学校であったことをおもしろおかしく話すと、そうかと笑ってはくれたが、正吉の笑い方は、どこか違う世界で笑っているかのような違和感を覚えた。

「母さん、父さんはせっかく助かったとに、いっちょん嬉しそうに見えん。やっぱり、あの事故のせいやろか?」

夕飯の支度を手伝いながら美智子が房江にそれとなく言った。

「うん、そうやね、なんか父さんやなかごとある。他人と話しちょる気がすることもあるき……」

命にかかわる大惨事をくぐり抜けて生還した正吉の心の中は誰も計り知ることはできなかった。正吉らしからぬ無気力さが何日も続いたころ、意を決して房江が担当主治医に相談した。

「奥さん、ご主人は今、心の中で戦ってるんです。あの事故から助かったと頭でわかっていても、ここでは……」

主治医は自分の胸に右手を当て静かに話した。

「あの落盤事故から、時間は進んでいないのです。近いうちに奥さんに連絡するつもりではいましたが、ご主人は毎晩眠れずにいます。ですので眠れる薬をお渡しししています。しかしやっと眠りにつかれても、すぐにうなされて、隣の部屋から苦情が出るほどです。折れた骨は時間が経てば治ります。しかし、心の傷はおいそれとは、修復はできません」

「それはずっと治らんということでっしょうか?」

「こればっかりはわかりません。一週間くらいで戻る患者さんもいれば、ひと月くらいで治る患者さんもいます。一年、二年かかる患者さんもいらっしゃいます。治ったとご本人も家族も安心されても、突然またぶり返して、しゃべることはおろか発作《ほっさ》で苦しむときもあります」

「発作ってどげんなるとですか?」

「突然、胸が苦しくなって立っていられなくなるとか、時には暴れ出す患者さんもいらっしゃいます。ただご主人の場合は、忘れよう忘れようと、無意識に脳が指令を出しているかのように見受けられます」

「何か言うても返事が返ってこんのは、そういうことですか?」

「ご家族を無視されているのでは決してありません。今すべてのものから必死で自分の心をガードしてらっしゃるんです。何も考えないように心を無の状態にしていらっしゃるだけなんです」

「それで、ウチたちはどげんすればよかですか?」

「静かに見守ってあげてください。妙に腫れものに触るように、不自然な気を遣わないで、事故にあう前と同じように普通に接してください」

　家に帰る途中、たった今聞いた主治医の言葉が、房江の中で繰り返し聞こえてきた。猛や美智子にどうして説明していいものやら……。

重たい心を抱えて帰宅したこの日の夜、房江は夕飯のあと、二人にできるだけわかりやすく主治医の言葉をゆっくりと説明した。

「心の病気ちゅうことか……」

猛がため息交じりに言った。

「お父さんはずっとあのまま、無気力人間でおると？」

美智子が聞いた。

「美智子、今の母さんの話し聞いたやろも。先生でさえわからんち、今のところはそっとしとくしかなかばい。それが一番よか」

猛が言うと妙に納得してしまう。

「ばってん、父さんはこれまでも何べんも命にかかわる危険なことばくぐり抜けて来た人間たい、おいそれち自分に負ける人間じゃなかよ」

「うん、そうやね」

房江の力強い言葉に二人とも大きく頷いた。房江は主治医の言葉を続けた。なるべく事故のことに触れないように……。だからといって腫れものに触るように妙に気を遣わず、事故前と同じように自然と接すること。

心の闇

三人が家族会議を開いているころ、病院では正吉がうなされて大声を上げていた。夢の中で正吉は一人ぼっちだった。薄暗い穴の中にひとり取り残されていた。

「誰か、誰かおらんねー、誰もおらんとかー？」

うなだれて穴の中で座り込む正吉の、足先から手の指先から冷気が忍び寄ってくる。ここは南の島のはずばい。上の方に微かにヤシの葉っぱが見えているではないか、ばってんこの冷気は一体何ね？　吐く息がだんだん白くなって来る。穴の中に白い息が充満して何も見えない白い世界になった。その白い世界に一筋の光の道が走った。その光の幅がだんだん広くなってきて、はっきりした金色の一筋の道に変わった。道の上の方を見ると、穴の入口の丸い形を覆うばかりの、大きな満月が煌々《こうこう》と輝いていた。光で照らされた壁の道には足を掛けられる小さな窪《くぼ》みがあり、正吉は助かったと上へ上へと登っていった。しかし登るにつれて、両足が鉛でも引きずっているかのように重たいのだ。思わず足元を見ると、両方の足に無数の顔がくっついていた。葡萄《ぶどう》の房のように、丸い幾つもの顔が連なっているのだった。

「ま、松本ー！」

台湾に駐留していたときに働いていた同じ隊の仲間で、満鉄《まんてつ》（南満州《みなみまんしゅう》鉄道株式会社）の線路施工のために呼び出され、満州で崩れ落ちてきた材木の下敷きになって死んだはずだった。

「お、大野ー、俺も連れて行ってくれー！」

その声は、外地から引き揚げるとき、胸を病み途中で畑の中に置いてきた岬《みさき》だった。

「す、すまん。女、子供を助けにゃならんかった、わかってくれいー！」

「助けてくれー、助けてくれー」

もっと下で聞こえて来たのは、落盤事故で犠牲になった、まだ少年のあどけなさを残した顔立ちの島田良一《しまだりょういち》だった。一九歳だった。

「良一、早く、早くここまで這《は》ってこーい！」

そう叫びながら上を見ると、蓋などあるはずのない穴が、だんだん入口が狭くなってきている。早よ登らんと、早よ登らんと、穴が閉まってしまう。しかし両足にくっついた無数の顔の重たさで上に進めない。

「頼むー、離れてくれー」と正吉は思わず叫んだ。

「また、俺たちを置いていくのかあー」

無数の顔から聞こえてくるうめき声が右からも左からも下からも容赦《ようしゃ》なく正吉に襲いかかってくる。

「やめろー、やめてくれー」

そこで、ハッと目覚めると汗びっしょりだった。虚ろなまま天井を見上げていると、看護婦がやって来た。

「大丈夫ですか、洗面器にお湯を持って来たほうがよかですか？」

看護婦はそう言うと、廊下で待っていた介護と雑用兼任の老婦人に話しかけ、しばらくすると、その老婦人が、お湯が入った洗面器を持ってきた。七〇代後半か八〇代にも見えるその老婦人は、深く刻まれた皺だらけの腕に手ぬぐいを持ち、

「旦那さん、着替えんしゃるね？　背中ば、拭きまっしょうか？」

と、かすれた声で正吉に尋ねた。正吉が黙って頷くと、老婦人は慣れた手つきで、正吉の着ていた浴衣を上半身脱がし、腰のところで丸め、しっかり絞った手ぬぐいで、手際よく正吉の背中や脇の下を拭き始めた。

「すんまっせん」

正吉の言葉に老婦人がおやっ？　という顔をした。

「何ね、旦那さん、しゃべれるとやなかですか」

老婦人の言葉にドキッとしながらも正吉が尋ねた。

「おばあさん、この仕事は長かとね？」

「へえ、もう、おおかた二〇年くらいば経ちよりますかねえ」

「おばあさん、俺はそげんしゃべらんな?」

「はい、奥さんや娘しゃんや、立派な息子しゃんが毎日のように来なさるとに、ろくに返事もしんしゃれんき、うちは骨だけやのうて、喉もやられんしゃったち、思うとりました」

「……」

「あげん心配しんしゃる家族ばいて、旦那さんは幸せもんやき」

「おばあさんは家族はおらんとね」

「はい、息子がひとりおったばってんが、こん炭坑の落盤事故で命ば取られました。もうずーと昔ですたい。太平洋戦争んときのことですたい、炭坑で働きよる男にはなかなか赤紙が来んかったき、安心しちょったら、ウチん方の息子にも来よりました」

「え?　さっき炭坑で死んだち……」

「出征する日の二日前に、落盤事故にあいよりました。もう出征するんやき、坑内に入らんでもよかち何べんも言うたんやけど、俺がおらんごとなったら、母さんがすぐに暮らしに困るき、稼げるだけ稼ぐっちゅうて……」

「旦那さんは?」

「もうとっくにおらんかったです。あん人は流行《はや》り病で、息子が子供んときに死によりました」

「親一人、子一人ちゅうことか」

「はい、息子が死んでおらんごとなってん、残されたもんは食べていかにゃあならんとです。息子は坑内から助け出されたあと、この病院で少しだけ生きとりました。そげん関係で、うちが暮らしに困るやろうちゅうて、それからずっとこん病院で働かせてもろとります」

「息子さんがのうなった病院で働くとは、つろうなかね？」

「旦那さん、人はいつかは死ぬとです。息子は炭坑の事故で死によりましたけんど、戦争に行っとってても戦地で死んだかもしれまっしぇん。息子の出征先は南方やったけん……」

「南方ち、どこね？」

「多分ガダルカナルに回されるち言うとりました」

「ああ、あそこは酷かった」

「旦那さんも外地に行っとんしゃったとですか？」

「俺は台湾やったき、南方や満州みたいに酷か思いばそげんしとらん。台湾人は日本人にやさしゅうしてくれよったき」

「旦那さん、やっぱり旦那さんは運が強か人ばい。今度の落盤みたいな大きな事故で、しかも一番奥で採炭しとって、旦那さんみたいに助けられたち、聞いたことがなかですよ」

「俺のこつば、知っとうとね？」

「この病院で知らんもんはおらんですよ」

正吉は、美智子の「父さんは英雄ばい！」と言う言葉を思い出し、ぼそっと小さく呟いた。

「俺は英雄でもなんでもなか」

次の日も朝早くから房江が見舞いにやって来た。

「あれ？　浴衣ば着替えたと？」

「ああ、雑用のおばあさんが体ば拭いてくれよった。またうなされて大汗かいとったから……」

「そうね、どげん夢みたとね」

いつものように話しかけても返ってくる言葉はないだろうと、諦め半分で質問すると房江の予想どおり、正吉は虚ろな瞳で窓外を眺めていた。毎日のことだが、入室したときの二言、三言くらい話しはするが、あとの会話は続かなかった。正吉の見ていた窓には大きな桜の木がそびえていた。窓一杯に枝を広げ、今にも窓を突き破って部屋の中に入ってきそうなほど勢いのある枝だった。正吉が空を見ているのか枝を見ているのかわからなかった。

「息子さんば、こん炭坑で亡くしたち言うとった」

「えっ？」と驚きながら房江が振り返ると、相変わらず窓外を見たままだったが、それでも正吉がはっきりと話し始めた。

「息子さんて、その雑用のおばあさん？」

房江は言葉のキャッチボールをしようと必死だった。

「そうね、それはいつの話ね？」

「太平洋戦争んときやったち、言うとんしゃったなあ」

「それで、それで、それから?」

「人はいつしか死ぬとですち、そのおばさんが言うとったなあ」

「はあ〜」

話しが噛み合わないと思ったが、それでも何とか続けようと房江が焦っていると、正吉が以外にもぽつぽつと語り始めた。

「恐ろしか夢やった、俺は穴ん中から上に這い上がろうとしちょった。ばってん足が重うなって下を見たら、俺の足に、数えきれんくらいの顔がくっついとると。満州で満鉄の線路施行中に材木に押しつぶされ亡くなった松本……。引き揚げのとき置き去りにした岬……」

そこまで言うと言葉が止まった。正吉はふーと大きく息をついでまた話し始めた。

「俺は、俺は、またひとりで生き残ってしもうた。あんときもう終わりばいと思うた。そんときたい、それまで気がつかんかった、何やら白っぽい光がボーと見えたとよ。俺はとうとう天国から迎えが来たち、そう思うた。ばってん、ちごうた。その白っぽい光が筒みたいに見えたと。あ、これは天国からのお迎えやなかち確信して、その光の方に這って行ったと。それは空気孔《こう》やった。ばってん、不思議なことにいつもは簡単に開かんドアがぱっくり開いちょったとよ。そこに必死で入って空気ば吸って、生き延びたと。周りで倒れちょった仲間に声ばかけよったけど、誰ひとり答えんかった。いやひとりまだ子供んごと幼い顔した若いもんがおった、助けてくれーち必死で声をふり絞っとった。こっちこいち大声で呼びよっただけで、俺はそん若者ば引っ張っちゃることはできんやった。あとで島田ちいう一九歳の男やちわかった。俺はひとりで、また今度もひとりだけでのうのうと生き延びたとよ、英雄やなか！」

「父さん、美智子ばい」

「……？」

「美智子は父さんが助けられた夜、山ん神に祈願に行ったとよ、大人でん、あそこは夜恐ろしゅうてよう行ききらんばい、ましてや夜の一〇時過ぎばい、よう行ったと思うちょる。美智子が祈っちょったときが、丁度お父さんが見つかったときばい、美智子の祈りが通じたんやき、あん子は末っ子の甘ったれや思うちょったけど、一番勇気がある子やったばい」

　正吉が泣いていた。静かに泣いていた。表情をなくした正吉が泣いていた。

「父さん、違うばい。自分だけのうのうと生き残ってしもたんやなか、運命たい、父さんが死なんかったとは。生かされたとばい、父さんは生きないかん人やったと。死ぬも生きるも自分で決めらるうなんちできることやなかでっしょ。それに美智子の気持ちも考えちゃんない。美智子がどれだけ恐ろしか思いばして、夜の山ん神まで行きよったか……。美智子言うとった。『どげん父さんでもよか、生きてウチたちの元に戻ってきてくれただけでよか』ち……」

　国内の炭鉱開発がまだ盛んだったころ、日本全国で、大小合わせて八〇〇以上の炭坑があった。炭坑には崩落や爆発、火災など事故がつきものだった。一九〇〇年から一九八〇年の間に、わかっているものだけで二五件、死者と行方不明者を合わせて五五〇〇人もの炭坑従事者が事故にあっている。規模が小さな崩落事故でも死者は出る。幼かった美智子でさえ、近所で葬儀があった記憶は消えることなく残っている。何百人という人が亡くなった大事故であれば、もっと人々の記憶に残るはずで、それはいつまでも語り継がれていかなければならない歴史の証明だ。

正吉が怪我をした事故は炭塵《たんじん》爆発だった。炭塵は空気中に浮遊する微粉状の可燃物で、可燃ガスと同じものと考えてよい。粉塵は一つひとつが小さいので、普通の酸素濃度でもすぐ燃え上がり、それらが集まることで爆発状態になってしまう。炭塵爆発もこの一種であるが、炭塵は比較的扱いやすい危険物だともいわれている。常に清掃し、水を撒いて湿らせておくことによって、ある程度爆発を防ぐことができるのだ。この保守作業をおろそかにして、大事故に繋がった例も少なくない。爆発すると、そのエネルギーで落盤を引き起こす。一箇所が落盤すると、その反動で何箇所かで壁や天井が崩れ落ちる。そのとき岩盤に溜まっていたガスが噴き出すと第二次のガス爆発にもなりかねない。救助隊が助けに行くのを躊躇《ちゅうちょ》するのは、二次災害の恐れが一番多い事故だからだ。

最も悲惨だった炭坑のガス爆発では、被災者が居るとわかっていながら、坑内に注水したという事故があった。坑内のガスメーターに異常値が出て、すぐさま救助隊が駆けつけ、入口付近にいて救助された人もいたが、あとは遺体で収容された。その日の午後、ガス爆発による坑内火災が発生、救助隊が巻き込まれる第二次災害となった。坑内には大量の黒煙と熱が充満し、火災も収まる兆しが見えず、坑口を防ぐ密閉作業が行われた。

　それでも火災は収まらず鎮火するため、会社は注水を決意する。そのとき坑内には安否不明者が何十人といた。会社は家族たちに苦渋の選択を告げ、注水後、この社長は自ら命を断つ。

　このような地獄と化した惨状と比べると、正吉があった落盤事故はまだ救いようがあった。人減らしによる保守点検作業員の減少により、いつの間にか水を撒くという基本作業がおろそかになっていたとはいえ、確実に水は撒かれていたからだ。もし水が撒かれていなければ、もっと悲惨な事故になっていただろう。

　正吉が採炭作業をしていた一番奥にいた者は、正吉を除き全滅したが、坑口から浅い所で作業していた者は殆どが助かった。最盛期に比べると坑内に入っていた人数が少なかったというのも事故の割には被害が少なかった要因だ。最終の死者数は四人だった。

　日本の近代化や産業の発展をエネルギーの面から支えた石炭。その石炭の採掘に命をかけて働いたのは、差別されながらも、目には見えなくとも、その存在を隔てられてきた炭坑夫たちである。

　美智子が坑内に入って行く正吉を誇らしく思っていたのは、日本の産業を支えているという誇りを無意識に感じていたせいかもしれない。

明るい兆し

その日、美智子が帰宅すると、

「美智子、美智子、これ見んしゃい」

房江がこれまで見たこともないほど、満面に笑顔をたたえ、美智子に書類を手渡した。そこには大きく、はっきりした文字で『採用通知』と書いてあった。

「いつ来たと？」

「わからんけど、病院から帰ったら戸のすぐ下に落ちちょったばい」

「そうね、兄ちゃんは？　早よ知らせんな」

「まだ、学校から帰ってきとらん。早よ帰ってこんかね〜」

房江は、猛の帰宅時間までまだ間に合うと、町のスーパーまで食材を買いに出かけた。

「今夜はすき焼きたい。猛の好きな牛肉ば、食べきらんくらい買うて来るき、待っちょりんしゃい」

猛が採用された会社は、日本の建設会社の中でも超一流だった。

同じクラスで最後まで決まらなかった兄が、どんでん返しで一番の大手に就職できたことは、長屋中に一晩のうちに知れ渡った。もちろん言い回ったのは房江である。

「大野さんところの家族は、皆強運の持ち主たい」

長屋の人たちだけでなく、近隣の炭住に住む人たちまで噂し合った。「やっぱり、大野さんの旦那さんは人と違うばい、あげん目におうても、足の怪我だけで済んだち、やっぱりあん人は不死身たい」

「さすが、肝っ玉母さんと鉄の男夫婦ばい」と至るところで呼ばれ、房江はそう言われるたびに、恥ずかしそうに、ただ笑っていた。

年の瀬まで一月を切った。今年も餅つきをやりましょうと、今回は平川夫婦が発起人となり、作年にもまして賑やかな餅つき大会となった。この日は正吉も特別外出を認められ、終始監督に徹した。

年が明けると、ギブスが取れない正吉の替わりに、房江が毎日のように引っ越し先を探し回った。共同便所ではなく内便所があり、内風呂もあり、農作業ができる広い庭があり……と、条件ばかりが先だって、なかなかいい物件は見つからなかった。見つからないうちに月日だけは流れ、とうとう卒業シーズンを迎えた。

猛は卒業式の三日後に上京することになった。出発の前日、猛が山ん神へ行こうと美智子を誘った。猛と二人で山ん神を訪ねるのは初めてだった。相変わらず長い階段だった。

「転ばんごと、ゆっくり登らんと、お前は慌てもんやき」

「わかっとうよ」

参道を歩いていると、吹き渡る風が確かに春の暖かさを含んでいた。

「春が来とる」

「うん？」

「兄ちゃん、わからん？　春が来とうよ」

兄はそれには答えずに聞いた。

「お前、山ん神にお礼ばしたとか？」

「……」

「父さんが助けられた夜、ここに来たろうも」

「どげんして知っちょうと？」

「西村のおじさんに聞いたとよ、お前があの夜おらんかったち、俺はピーンときたと。あげなときに夜出かけるち言うたら山ん神しかなかろうも。お前、いつか母さんに頼みよったやろも？　婦人会での坑内見学だけは二度と行かんでくれち、あんとき必死で言うとった。山ん神は、炭坑夫ば守りんしゃるけど、山に入った女の人には焼きもちを焼きんしゃる。坑内に絶対入らんでち言うとったろうが……。お前が山ん神ば、えらい信じとうのはわかっとうと」

「なんね、知っちょったとね」

「お前が父さんを助けたとたい」

「そやろか？」

「ああ、絶対そうたい、お前の一念が山ん神に届いたとよ」

美智子と猛は山ん神に手を合わせた。

「ああ、忘れるところやった。これ」

そう言って猛がポケットから出した物、それは前からほしがっていた万年筆とボールペンのセットだった。クラスの誰もまだ持っていない、有名なメーカーの万年筆。それも最近発売されたエンジ色の人気商品だった。インクの要らない万年筆として売り出されたボールペンも、この辺りでは、町の大きな文房具屋にでも行かないと手に入らないものだった。

「よかと？　こげん豪華なもん、兄ちゃん、よかとね！」

「約束したろうも。お前があの暗記カード、全部覚えたら、お前のほしか物、何でもこうちゃるち」

「ばってん、兄ちゃんもお金要るとやろ？」

「美智子、父さんや母さんには内緒やき、艀のアルバイト、ずっと前からやっとった」

そう言いながら思い切り笑った猛は、階段の一番上に座って眼下に見える炭住群を見降ろしていた。浅い春の午後の光は優しい。その陽を浴びたボタ山は相変わらず、真っすぐと、凛《りん》として立っていた。

兄ちゃん、来年もこの山ん神に来れるとかね～」

「わからん、炭坑もどげんなるとか、父さんの仕事もどげんなるとか……。俺がおらんごとなったら、美智子、父さんと母さんを頼むばい。父さんと母さんのそばにおるとは、もうお前しかおらんけん、何かあったら助けちゃらんと……」

「ウチ、兄ちゃんみたいにできんばい」

美智子を見て猛は笑いながら言った。

「もう、助けちょる。お前、父さんば立派に助けたやなかか！」

いつの間にか夕焼けが辺りを包み、美智子と猛はその中で金色に染まった。

次の日は暖かい日で、猛の旅立ちを祝ってくれているようだった。

「美智子、お前は学校に行かんないけんよ」

「うん、わかった」

そうは言いながらも、どこかで納得できずにいた。うちも見送りに行きたか、長屋の人たちは皆行っとうとに……。高校の卒業式は、小学校や中学校と比べてかなり早い。猛が旅立つ日は、中学校の三学期の終業式の二日前だった。「学校を休んで見送りに行く」と美智子が言うと、

「ずっと会えんごとなる訳やなかろうも。美智子の気持ちは嬉しか、ばってん、こげんことくらいで、学校ば休むんじゃなか！」

猛はそう言って苦笑いした。苦笑いしながらも、珍しく口調を荒げた猛にしぶしぶ頷くしかなかった。

次の日の朝、

「兄ちゃん、いってらっしゃい！　手紙待っちょるよ」

美智子はそう言うと、素直に家を出た。房江がそんな美智子を見て首を傾げた。玄関を出て長屋に挟まれた通りを歩いて行く美智子の後姿をじっと見ていた房江の視線を感じながら、美智子は努めて冷静に歩いて行った。自分の姿が見えなくなるだろうところまで歩いて行くと、美智子は後ろを確認し、突然、右へ曲がった。学校とは反対の道だ。

まだ入院している父さんは見送りに行けんから、母さんや長屋の連中は九時半には家を出るだろう。皆より先に駅に着き、それから線路沿いにひとつ後の駅まで歩いて行く、その駅のホームで兄ちゃんを見送る！　美智子はずっと考えていた計画を実行した。いくら怒りたくとも兄ちゃんはもう車内の人だ、降りてきて文句は言えまい！

美智子は含み笑いしながら、ひとつ後の駅へと道を急いだ。

そこに間に合えば兄ちゃんを見送れる！　そこにさえ間に合えば！

やっとその駅に着き、ホームで猛の乗る汽車を待った。ホームの端で目を凝らして待っていると、やがて汽車の音が聞こえてきた。もうすぐ近づいてくる。スピードを落とした列車が目の前まで迫った。

美智子は停まった汽車の窓に目を凝らして猛を探し続けた。乗客たちが何事かと美智子のほうを見た。もうすぐ発車というときにやっと見つけた猛の顔。窓ガラスを叩くと、驚いた顔して猛が窓を開けた。

「兄ちゃん」

「美智子、学校はどげんしたとか〜」

「遅刻しても行く！」

云々と頷きながら、猛の顔がだんだん小さくなった。

「兄ちゃーん」

涙と鼻水で顔中が滝のようになり、叫び続けた声までも水っぽかった。

猛が東京へ旅立ってから一週間ほどして正吉が退院した。房江が奔走《ほんそう》して探し回った成果で、退院した正吉は新しい家で新生活を迎えることができた。

新しい家で、正吉の退院祝いと、西村一家の壮行会が開かれた。西村一家は、奥さんの実家の佐賀県で農家を継ぐという。年末の餅つきで張り切っていた平川夫婦は、組合の業務が残っているからと、本社の社宅に引っ越したあとだった。そして散々皆を心配させた若主人は、なんと親戚の伯父さんに熱望され、養子となり、寺の住職を継ぐという。

「実はあの日、俺は一番方やったとです。後輩が替わってくれよりました。その理由が昔の友達に会うためという、そげなしょうもない理由で、替わらせたとです。後輩ちいうことで、半分無理やりだったとです。俺が替わらせんかったら、あいつは死ぬことはなかった。俺が死んどったかもしれん。葬儀の日、それを言うたら、『なんでそげなこと言うとか』ち、親父さんに胸《むな》ぐらつかまれたとです。お母さんも、『誰も知らんとに言わんでいいほうが楽なこつば、いっぱいあるとよ！』ち泣かれました。俺はそんとき坊さんになろうち決めたとです。あいつだけやなか、こん炭坑で事故にあって死んでった炭坑夫たちの、霊ば弔《とむら》うち決めたとです」

若主人は、憑《つ》きものが落ちたような爽やかな顔をしていた。それぞれの家族がそれぞれの出発をしようとしていた。

美智子が中学二年になって間もなく、正吉の仕事が決まった。精密機械工場の管理人だった。家族で工場の敷地内の社宅に住むことができ、送ってくる荷物の点検と、夜間の工場の見回りが主な仕事だった。第二会社に存続しなかった正吉にとっては、かなり条件のいい就職先だった。正吉と房江にとって、一番に決断させた理由は、就職先が猛のいる東京だったことだ。

東京へ旅立つ日、五軒長屋に寄ってみた。既に無人の家ばかりが並ぶ通りには、昔の面影はなかった。正吉と房江が、自分たちが住んでいた家に入ると、どこからか独特の焦げたような懐かしい匂いがした。豆炭だ。豆炭がまだ残っていた。豆炭入れの下の小さな戸を上に上げると、ころころっと丸い真っ黒な豆炭が転げ出て来た。

「歓迎してくれとる」

正吉が言うと、房江が笑った。美智子は通りに立って、大きく深呼吸してみた。美智子の頬を一陣の風が吹き抜けた。風の中で懐かしい面々が美智子に微笑みかけた。

いつも飄々《ひょうひょう》としていた恐妻家の西村のおじさん、そのおじさんに怒られていたけれども本当は優しかった西村のおばさん、まるで双子みたいにそっくりだった西村家の娘たち、泡だらけの洗濯母ちゃん、いつも夫婦仲が良かった平川のおじさんとおばさん、皺まで優しかった下原のおばあちゃん、牛蒡《ごぼう》みたいだった多田さん、酒乱だったのに坊さんに大変身した若主人、その若主人を見事に立ち直らせた若奥さんと、まるで長屋に舞い降りて来た天使のようだった若主人と若奥さんの赤ちゃんの太一君、皆、皆ありがとう！

ボタ山よ、いつまでも……

四〇年後、美智子と房江は、夕焼けに包まれすっかり変わった町並みを見降ろしていた。ほんの一カ月前だった。

「炭坑離職者の最後の会を開きます。会員もかなり高齢になり、だんだん参加者も少なくなってきました。誠に残念ですが、今回の会をもちまして、炭坑離職者の会は解散になります」

そう書かれたハガキを見て、房江がどうしても行くと言い出した。そのとき房江は八五歳、「今しかない。今行っておかないと、ずっと後悔すると思う」

宴会で懐かしい人々と再会できた房江は、痛い足を我慢してひとり一人と握手して回った。房江は七〇歳になったあたりから、手足の痛みを訴えていた。リウマチと診断され、

「私の母さんも、ばあちゃんも、代々リウマチたい。覚悟はしとったけどね、ま、しょうがないねー」

明るく言い放った房江は、「肝っ玉母さん」と呼ばれたあのころと同じ、年をとっても明るく前向きな性格は変わらなかった。

しかし、何十年ぶりかで訪ねた故郷の余りの変わりように、さすがの房江も言葉を失った。住んでいた家も、美智子が通っていた学校もすべて消え失せていた。馴染《なじ》みの駅舎もバス発着所に変わり、踏切があった場所が横断歩道になっていて、そこの地形だけが昔の面影を留めていた。それでも美智子と母は、この地にいた証を探し出そうと、小さな車で走り回った。すると、美智子の通っていた小学校の一部がそのまま、炭鉱資料館として残されていた。館内で『炭坑の子供たち』と書かれた看板を見て行ってみると、美智子が持っている小学校の卒業アルバムが目に入った。パラパラと捲る美智子の目に、小学校の六年生だった自分が飛び込んできた。皆と一緒に写っている集合写真だ。

あのころだ。まだボタ山があり、山ん神の祠があり、長屋の人たちの笑顔があったあのころだ。懐かしそうに写真を見ていたときだった。

「ここが美智子の小学校だとすると、ボタ山はこっちかねー」

房江がふと呟いた。二人はもう一度、町中を走り回った。走り回ってやっと見つけたのは、あの山ん神の祠だった。すっかり小さくなって、住宅街の真ん中にひっそりと残っていた炭鉱の山の神の証。

美智子と房江は、はやる心を抑えて山ん神の祠に手を合わせ、遠い日を思った。何事かと、見知らぬ町の見知らぬ住人が不思議そうに、二人を見ていた。ここが炭坑だったことも、炭坑夫を守るための山ん神の祠だったことも、まったく知らない新住人なのだ。こんなにも月日は経っていた。高台に座り、美智子と房江は昔を話し出した。

「母さんたら、何も言わないで私を連れて来たと思ったら、臼と杵を盗み出すためだったんだものね」

「あのときはもうそのことしか頭になかったからねー。そういえば、餅つきのとき、多田さんがへっぴり腰で、今にも転ぶんじゃないかって皆ハラハラしてたわね」

「一番ハラハラさせられたのは、母さんが若主人を制止したときよ。罷《まか》り間違ってたら母さんもうここにいなかったのかもしれないのよ。兄さんが、頼むから、もうそんな危ないことはしないでって懇願してたもの」

「ウチも元気やったねー」

「だって肝っ玉母さんと鉄の男夫婦って言われたくらいだもの」

「あんただって、夜の一〇時過ぎに父さんを助けてって、山ん神にお願いに来たじゃないの、あとで猛に聞いたんだから」

皆、可笑しいくらい一生懸命で、切ないくらいがむしゃらだった。いつの間にか、辺りはすっかり夕焼けに包まれ、見知らぬ町が茜色に染まった。目を瞑ると茜色の中に一〇軒長屋が現れた。

炭鉱は暗くはなかった、炭鉱は怖くもなかった。それどころか、皆優しかった。そして何よりも愛に満ち溢れていた。

エピローグ

この物語の舞台となった炭坑も炭住も、現在は殆どが消滅してしまった。

第二会社として発足した炭坑は、その後、炭住街の一部を露天掘りで石炭を掘っていたが、その生産も終わり、今は大きな溜め池になっている。地形も大きく変わってしまった。

正吉と美智子が、坑口から帰る途中に立ち止まって見ていた石橋も、影も形も残ってはいない。

それどころか通っていた中学校も廃校になり、校舎も運動場も消えてしまった。小学校の建物の一部は炭鉱資料館になっている。館内のコーナーには写真が飾ってあり、当時の生徒たちが使っていた木製の机の上には、小学校の卒業アルバムが資料として展示してある。

その卒業写真の一頁に、子供のころの美智子がいる。集合写真の一番前で、眩しそうに目を細めて、首を少し傾げた人一倍小さな女の子だ。

それ以外に残っているものといえば、山の神の祠である。見上げるほどの階段も、その階段を上り切ったところにあったハスの花の形をしたお清め場も、祠に続く長い参道も、もうどこにも残ってはいない。

畳一畳くらいの小さな祠が、住宅の玄関先の窪んだ場所にひっそりと建っているだけだ。その祠の辺りは、土地の傾斜がきつくなっていて、当時の地形を思わせる。

思い出の中には、数えきれないほどの山や家、大きな木、公園、そして行く筋もの道が3D《スリーディー》となってホログラムのように、目の前に展開しているのだが、実際にはそれらは影も形もないのだ。そんなことを繰り返して時は流れていくのだろう。

それが何度も繰り返されるたびに、次々に新しい情景になり、それまでのすべてが歴史の狭間《はざま》に消えてゆくということになるのだろう。

これまで永《なが》い年月を刻んできた歴史と比べると、この炭鉱が栄えた歴史のなんと短いことか！

歴史の教科書の年表に掲載されているとしたら、「一九××年、××年間、石炭産業栄える！」という一行で終わるかもしれない。

幸運にも美智子は、この歴史の真っ只中にいた。年表の一行に秘められた事実を、まだ記憶が残っているうちに書き留めておこう。炭坑の真実を、炭坑で育ち、炭坑の人々の生活をつぶさに見て来た者が伝えよう！

そう思ったときから、不思議なもので、次々に絡み合っていた記憶の糸が解れて、とっくの昔に忘れていた人の言葉や光景、建物の形までが思い出されてきたのには、美智子自身が一番驚いている。

最近、福岡県大牟田市《おおむた》にある三池炭鉱《みいけ》や、長崎市にある軍艦島こと端島炭鉱《はしま》、同じ長崎市の高島炭鉱《たかしま》が世界文化遺産に登録された。美智子が育った炭鉱とは違い、当時の施設が形として残っていることに、少なからず感銘を覚えた。歴史の狭間に消滅することなく、近年まで文化の証拠として残されていることに、多大な意義があると思う。

それらの遺産を残そうと尽力された方々にも大きく感謝するべきだと思う一方で、どこかで羨ましく思っている心の狭さが実は情けない。

しかし、そうはいっても、残すべきものを残してくれたことに関しては、炭坑育ちの者はことのほか嬉しく感じている。特に三池炭鉱の宮原坑の坑口跡や、専用鉄道敷跡の写真を見ると、思わず胸を締めつけられるような懐かしい感情が甦る。美智子がいた炭坑では、それらは二つとも完全に消滅しているからだ。

せめて思い出の中では、自分自身が鳥となって、懐かしい風景を俯瞰図《ふかん》のように、空の上から舐めるように眺めてみよう。

すると、ほら、見えてくる。

早朝からカマドに火をくべ、ご飯を炊く母親たちの丸い背中が……。

五軒長屋に挟まれた道路の真ん中で、子供たちがわらべ歌で楽しく遊ぶ姿が……。

「おかえりなさい」

子供たちが口を揃えて言った方向から、頭の先から爪の先まで真っ黒な男たちが歩いてくるのが……。

もっと上空を飛んでみよう。

山の神の祠が手に取るように見えてくるだろう。

大人たちの眼を盗んで、果敢にボタ山を登っている子供たちの声も聞こえて来るだろう。

その真っ黒なボタ山が三角定規のように小さくなり、夕陽のオレンジ色に染まる姿も……。

作中の団体、個人、地名などの固有名詞、出来事などは実在のものとは関係ありません。

カバー写真：『貝島炭礦の想い出』池田益美［編］より

中島晶子　なかじま・しょうこ

1950年鹿児島県生まれ。都立商業高校を卒業後、広告会社、スーパーの販売促進担当を経て、2013年退職。父親が炭坑従事者で、小学生時代を筑豊炭田・貝島炭鉱（福岡県宮若市）の炭住で過ごす。現在は地域のボランティアをしながら文筆活動中。本書で第2回「エネルギーフォーラム小説賞」大賞を受賞。そのほかの受賞歴は、第16回「小諸・島崎藤村文学賞」優秀賞、第22回「日本動物童話大賞」最優秀賞、第3回「はやしたかし童話賞」佳作、第25回「ニッサン童話グランプリ」佳作、第55回「サンケイ児童出版文学賞」フジテレビ賞、第10回「ハート出版わんマン大賞」最優秀賞など多数。

炭坑夫の父と私（昭和30年ごろ）

筑豊ララバイ

2016年3月24日　第一刷発行

著　者　中島晶子
発行者　志賀正利
発行所　株式会社エネルギーフォーラム
〒104-0061 東京都中央区銀座5-13-3　電話 03-5565-3500
印　刷　錦明印刷株式会社
製　本　大口製本印刷株式会社
ブックデザイン　エネルギーフォーラム デザイン室

定価はカバーに表示してあります。落丁・乱丁の場合は送料小社負担でお取り替えいたします。

　ISBN978-4-88555-460-5